KB008590

감장새 작다하고

감장새 작다하고

1판 1쇄 발행 2022년 1월 25일

지은이 이동렬
발행인 이선우
펴낸곳 도서출판 선우미디어

등록 | 1997. 8. 7 제305-2014-000020호
130-100 서울시 동대문구 장한로12길 40, 101동 203호
☎ 2272-3351, 3352 팩스: 2272-5540
sunwoome@hanmail.net

값 13,000원

ISBN 978-89-5658-689-2 03810

감장새 작다하고

이동렬 에세이

책머리에

≪감장새 작다하고≫는 내 생애의 마지막 수필집입니다.

내가 수필이라고 처음 써본 것은 대학교를 다닐 때 같은 반 친구 K와 함께 『새벽』이란 잡지를 발간할 때였습니다. 『새벽』은 문자로 표현할 수 있는 것이면 뭐든지 실을 수 있는, 말하자면 '꿀꿀이죽'이요 '해물잡탕'이었습니다.

지금처럼 복사기가 있는 것도 아니요, '가리방'이라는 것으로 긁는 수밖에 없었던 시절 『새벽』 한 권을 내는데 드리는 정성은 오늘날 들이는 정성의 열배는 넘었지 싶습니다. K와 나는 『새벽』의 공동 발행인, 딱 한 번 잡지를 내고 우리의 열의가 식어버려서 그랬는지, 자금 부족, 독자 부족, 아니면 둘 다인지는 모르겠으나 맨 처음으로 나온 『새벽』은 처음이자 마지막이 되고 말았습니다.

나는 그 『새벽』에 수필 한 편과 〈심리학에서의 조작주의〉라는 글을 한 편 실었습니다. 건방이 뚝뚝 떨어지는 제목이었지요. 사실 그 글은 내가 영어로 방법론에 관한 책(그 시절은 영어로 된 책은 무조건 원서라고 했습니다. 메스껍지요?)을 읽다가 그 책에 나오는 어느 심리학자의 방법론에 관한 글을 읽고 번역하다시피 한 것이었습니다(요새 말로 하면 표절이지요). 그런데 하루는 K교수가 나를 부르기에 갔더니 『새벽』에 실린 나의 조작주의에 관한 글을 칭찬하면서 자기 밑에서 조교로 일해 볼 생각이 있는지 물어보았습니다. 나는 남의 글을 베끼다시피 한 것이었는데도 태연자약하게 부끄러움 한 점 없이 K교수 눈에 띈 것만 자랑스러워 떠들고 다녔습니다.

그러다가 유학을 오게 되고 학교 공부에 바빠서 수필 쓸 기회가 없었습니다. 웨스턴온타리오대학교 교수로 있을 때 가끔 고향에 대한 그리움을 끄적거려 교포 신문에 내곤 했지요. 자꾸 쓰다 보니 책으로 15권이 넘는 분량이지만 모두 고향을 그리워하며 쓴 것은 아닙니다.

사람은 나아갈 때도 중요하지마는 물러설 때도 중요하다고 생각합니다. "이게 마지막이다. 이게 마지막 책" 하면서도 수필집 두 권이 넘는 분량을 더 썼으니 이건 마지막이 아니라 또 하나의 공해가 아닌가 싶어 은근히 걱정되기도 합니다.

이제는 정말 수필은 그만 써야 할 때가 온 것 같습니다. 나는 수필을 감성의 변화로 씁니다. 그러니 슬퍼서, 혹은 감격스러워 눈물을 떨구고, 애처로운 처지에 울먹이기도 하고, 행운과 축복에는 밝은 마음으로 노래도 흥얼거리고, 화가 치밀면 욕이 튀어나오고-

요컨대 희로애락을 나타내는 감정의 변화가 올 건수가 있어야 한다는 말이지요. 그러나 내 나이 어느덧 여든. 감정이 말라붙었는가. 기쁜 일도 없고 슬픈 일도 없습니다. 모든 일이 다 그저 그렇더군요. 이렇게 감정의 오르내림이 없는 사람이 어찌 수필을 쓰겠습니까. 〈선우미디어〉 이선우 사장에게는 대단히 미안한 얘기겠지만 앞으로는 이 책 말고 이동렬의 수필은 더 없지 싶습니다.

선조 때의 문신 사촌(寺村) 장경세의 시조 한 토막으로 내 감회를 대신합니다.

> 홍진의 꿈 깨인 지 이십 년이 어제로다
> 녹양방초에 절로 놓인 말이 되어
> 때때로 고개들어 임자 그려 우노라

『새벽』이 나오고 어느덧 60년 세월이 흘렀습니다. 그 사이 K는 선계로 가고 나도 E여대에서 은퇴한 지가 올해로 꼭 열다섯 해가 됩니다.

캐나다 토론토 국제공항 옆 陶泉書廚에서

이동렬

2022. 1.

차례

2부 영겁에야 청산도 뜬 먼지일 뿐

3부 세상살이

4부 말무덤(言塚)

5부 자랑스런 교민 1세대

1부

하늘이여, 하늘이여

집터와 묘터

내가 태어난 고향집 터는 옛날에 역동서원(易東書院)이라는 사액서원(임금이 이름을 지어 주고 서적과 노비를 내리는 서원)이 있던 자리입니다. 역동서원은 고려 말 대학자 우탁을 배향하였습니다. 우리 집이 들어선 자리가 옛날 서원이 있었던 자리다보니 주변 경치가 빼어납니다. 영남대학교의 정순목이 쓴 ≪퇴계평전≫을 보면 역동서원을 건립한 사람은 퇴계(退溪)였답니다. 그는 건립위원장이 되고 서원이 완성되자 열흘에 한 번씩 역동서원에 와서 선비들을 위해 〈심경〉 강의를 했다고 합니다. 도산서원까지는 강을 따라 25분만 걸어가면 되니까 헛말은 아닌 것 같습니다.

우리 집에 시집을 온 며느리 셋, 일편단심 민들레야들은 모두 이 빼어난 경치에 속아서 '이런 신선이 사는 동네에서 자란 놈의 인격이야 오죽 고매하랴?' 싶어 우리 집으로 시집오기로 결심한 모양입니다. 속아도 크게 속은 것이지요. 그러나 자기네들 허영 때문에 저지른 잘못을 누가 뭐라겠습니까?

집을 짓고 나서 어느 풍수의 말이 사랑마루에서 낙동강 물이 안 보이면 자손에서 훌륭한 사람이 나올 것이라는 예언을 듣고 주위로 학교 운동장 4배 크기에 소나무를 심었습니다. 그런데 지금은 그 소나무들이 고목이 되었으니 자손 중에 풍수가 예언한 기차게 훌륭한 놈이 나와야 하는데 훌륭한 자손은커녕 훌륭한 사람 밑에서 심부름 한 번 해본 녀석도 나오지 않고 있습니다.

나는 아주 어릴 때부터 뫼터니, 집터, 풍수니, 산신령이니 하는 이야기를 들으며 컸기 때문에 지금도 그런 얘기가 나오면 "나는 그런 것 안 믿어."라고 연발해대지만 나도 모르게 슬며시 들려오는 이야기에 귀를 기울입니다. 어렸을 적에 아버님은 나에게 육사(陸史)네 묘터 이야기를 해 주었습니다. 아버지와 육사 이원록은 같은 항렬(行列)이고 나이는 동갑입니다. 이야기는 다음과 같습니다.

육사의 할아버지가 어느 고을 원님으로 있었습니다. 하루는 죄를 지어 감옥살이를 하는 죄수를 보니 사정이 매우 딱하고 불쌍한 사람이었습니다. 동정심이 앞선 원님은 하루 죄수를 불러 "내가 너를 그냥 내보낼 수는 없다. 그러니 오늘 밤에 내가 옥문을 잠그지 않을 터이니 너는 멀리 멀리 도망을 가거라." 그 죄수는 그날 밤 옥문을 열고 도망을 갔습니다. 그리고 세월은 무정하게 흘러 원님은 죄수가 도망을 갔던 사실, 도망가라고 권했던 사실 모두를 잊어버리고 자기 아버지가 돌아가시려 해서 묘터 잡기에 무척 분주한 나날을 보내고 있었답니다(묘터를 잡는 것은 요샛말로 하면 아파트나 콘도미니엄을 하나 사는 것과 마찬가지로 큰일이었습니다).

하루는 스님 하나가 원님을 찾아와서 자기가 풍수를 볼 줄 아는데 묘터를 하나 잡아주겠다고 하더랍니다. 그리고 그 스님은 동네 아이들이 소 매어놓고 노는 곳에 데려가더니 "여기에 묘를 쓰십시오. 자손 중에 문재(文才)가 6대 동안이나 왕성할 것입니다." 그러면서 하는 말이 자기는 충청도에 사는 사람인데 그의 아버지가 임종석에 누워서 "내가 평생 갚지 못할 은혜를 입은 어른이 한 분 계시다. 그 은혜를 갚지 않고 내가 어떻게 눈을 감을 수 있겠느냐." 면서 옛날 죄를 지어 원님이 옥문을 잠그지 않을 테니 멀리 도망가라고 했던 얘기, 경상도에서 충청도까지 도망가서 살게 된 이유 등을 이야기하더랍니다. 아버지께서 "너는 커서 풍수를 공부해서 안동 예안에 있는 그 원님 아버지의 묘터를 잡아 보은을 해다오." 하는 말을 남기고 눈을 감았답니다. 그래서 자기가 사또를 찾아뵙게 되었다고 하더랍니다.

아버지는 내게 은혜를 잊어버리는 사람이 되어서는 안 된다는 것을 이야기해 주려고 한 것이겠지요. 그 스님 말이 맞는지 육사네 여섯 형제 중에는 육사가 제일 빠진다는 말이 나올 정도로 여러 형제들의 재능이 뛰어났습니다.

집은 살아있는 사람이 사는 곳, 무덤은 죽은 사람이 사는 곳이지요. 그래서 집은 양택(陽宅), 무덤은 음택(陰宅)이라고 합니다. 음택

이 좋아야 양택에 사는 사람도 평안해지고 복을 받는다고 생각합니다. 이것이 바로 풍수의 명당(明堂)이라는 것입니다.

풍수란 말은 장풍득수(藏風得水), 즉 바람을 잘 간직하고 물을 얻는다는 말에서 나왔습니다. 기(氣)는 바람을 만나면 흩어져버리고 물을 만나면 머문다고 합니다. 그러니 풍수를 이용하여 땅의 기운을 얻으려 한다는 것입니다. 인간의 운명을 좌우하는 것으로 하늘이 내린 가을 천기(天氣), 땅의 지기(地氣), 사람의 기운(人氣)이 있는데 잉태되고 태어나는 순간에 천기는 이미 결정되어버리고 조상들의 선악으로 인기(人氣)도 이미 결정되는 것입니다.

천기와 인기는 거의 숙명적 따라서 천기와 인기에서 부족한 부분을 지기(地氣)로 보충해보려는 것이 풍수설의 출발점이라고 합니다.

유엔 사무총장을 지낸 반기문은 그가 유명인사가 되고 나서 조상의 묘터와 집터가 좋아서 그렇다고 그의 집터와 묘터를 둘러보는 관광객들이 끊이지 않는다고 합니다. 그것 말고도 박정희 선조의 묘터, 김대중 선조의 묘터—이야깃거리가 없는 집은 없습니다.

그런데 반기문이든, 박정희든, 김대중이든 그들이 유명해지고 난 다음에 집터 덕이니 묘터 덕이니 하는 설명이 쏟아져 나옵니다. 이런 설명은 설명이 될 수 없습니다. 박정희가 김재규가 쏜 총탄에 맞아 죽는 것을 미리 예언한 풍수는 아직 없습니다.

나는 내가 생각하는 '증거'들을 보면 '묘터=천당'이라는 말같이 허황하게 들립니다. 예로, 조선 임금들을 보십시오. 임금의 묘터는 당시의 가장 유명하다는 풍수들이 명당을 골라 썼을 텐데 나오는 임금들은 왜 그 꼴인지 이해가 안 갑니다. 그런 인간스럽지 못한 임금들이 조상 묏자리 덕을 보았다고 할 수 있겠습니까. 선조, 인조 같은 망나니들이 조상 묘를 잘 써서 그렇단 말입니까? 나는 그런 인물들은 역사책을 읽으며 가슴을 치는 무지의 대상이지 존경의 대상은 아닙니다.

(2020. 12.)

느티나무

내가 어렸을 적에 고향집 역동 앞을 흐르는 낙동강을 건너 늘매마을 북쪽으로 조금 가다 보면 들판에 어마어마하게 큰 느티나무 한 그루가 서 있었습니다. 주변에는 다른 나무들은 없었고 그 느티나무만 서 있었는데 나는 아직까지 살아있는 느티나무가 그렇게 큰 것은 보질 못했습니다. 부채꼴을 하고 서 있는 그 나무 밑에는 작은 돌들이 깔려있고 사방이 그늘져 있어서 그 속으로 들어가면 시원하기도 하지마는 으스스한 기분에 무섭기도 했습니다.

사람들 말로는 그 느티나무는 수백 년이 되었다고 합니다. 그 느티나무에는 큰 구렁이가 한 마리 살고 있다는데, 나는 있다는 말만 들었지, 구렁이는커녕 도마뱀도 한 마리 보질 못했습니다. 늘매마을과는 뚝 떨어져 있어서 마을 사람들이 마을 앞 정자처럼 자주 드나드는 곳은 아니었습니다. 그 느티나무 가지를 꺾거나 잎에 매달리거나 나무를 성가시게 굴면 "구렁이가 밤에 나와서 동렬이 너를 잡아간다."라고 겁을 주었습니다. 그래서인지 나는 그 나무 그늘 속으로 들어가서 앉아보지도 못했습니다.

사람들은 오래된 나무를 보면 엄숙해지고 두려운 마음까지 드는가 봅니다. 오래된 나무에 무슨 신령(神靈) 같은 게 있다고 믿는지 그 앞에 서서 온갖 소원, 이를테면 딸을 입학시험에 합격시켜 달라, 우리 며느리 아들 낳게 해 달라, 영감 바람 좀 덜 피우게 해 달라, 영감 술 좀 덜 마시게 해 달라는 등 갖가지 소원을 비는 모양입니다. 도시에 가면 영화에서나 볼 수 있는 장면이 아니겠어요. 나도 어른들이 하는 대로 한두 번 빌어볼 때도 있었지만 무엇을 빌었는지는 지금 전연 생각이 나지 않습니다. 그 나무 그늘은 소변을 보기 썩 좋은 명당이었으나 나는 거기에는 한 번도 소변을 보질 않았습니다. 혹시 신령이 보고 있다가 밤에 자는데 와서 나의 그 소중한 연장(지금은 맹장처럼 있으나마나 한 존재)을 가위로 싹둑 잘라 버리면 큰일이 아니겠습니까?

나무뿐 아니라 크고 오래된 자연에는 그것을 지키는 신령들이 있다고 믿는 것 같습니다. 이것이 우상숭배인지 모르겠으나 우리가 할아버지 할머니 산소에 가서 제사를 지낼 때면 제사를 지내기 전에 산신령을 위한 행사로 '고수레' 지내는 것을 잊지 않습니다. 요샛말로 표현하자면 우리 할아버지 할머니 산소 잘 봐 달라고 산신령한테 '뇌물' 쓰는 것과 마찬가지지요.

그런데 요새 사람들은 내 어린 시절과 비교해서 달라도 너무 다른 것 같습니다. 산소를 파헤치고 시신을 화장해서 납골당에 모시고는 그 묘터 자리에 아담한 별장을 짓질 않나, 수백 년 묵은 나무를 마구 베어내고 그 자리에 아파트를 짓질 않나, 좌우간 자연 알기를 우습게 아는 것 같습니다.

요사이 언론에 자주 오르는 김해공항이 이를 잘 말해 줍니다. 김해공항을 없애고 가덕도에 새 공항을 짓는 것보다는 기왕에 있는 김해공항을 더 크게 만들어 쓰는 것이 훨씬 더 경제적이라는 의견입니다. 그런데 김해공항 근처에 300미터가 넘는 산들이 두세 개나 있어서 비행기가 뜨고 내리는데 무척 위험하다는 의견이 있습니다. 김해공항을 크게 만들어 쓰자는 이들은 산봉우리를 깎아내리면 된다는 것입니다. 내 어릴 때 같았으면 이런 의견은 분명 미친 생각이었을 것입니다. 세 산의 산신령들이 합동회의를 갖고 "이 녀석들이 우리 머리를 깎아내린다고? 비행기를 김해 앞 바닷속으로 처넣어버릴까 보다."라고 결정을 내리는 날에는 그야말로 폭망하는 날이 아니겠습니까.

가덕도에 새로 공항을 짓는다는 것이 정치적 결정이라고 나무라는 사람들이 많습니다. 나는 집권당이 정치적으로 결정하는 것이 뭐가 잘못되었느냐고 되묻고 싶습니다. 정치라는 것은 정권을 잡은 사람들이 국민의 의견을 잘 들어서 국민 다수가 원하는 것을 들어주는 게 정치 아닙니까? 그러니 집권자는 모든 결정을 반드시 정치적으로 해야 한다고 생각합니다.

대학교를 다닐 때 인간과 자연의 관계에 대해서 들은 것이 생각납니다. 이름이(분명치는 않으나) 클럭혼(K. Kluckhohn)이라고 기억합니다. 이 클 선생의 주장을 따르면 미국과 같이 인간이 자연 위에 있다고 생각하는 문화가 있고, 인도처럼 자연 밑에 있다고 생각하는 문화, 그리고 중국이나 한국처럼 자연과 조화를 강조하는 문화가 있다고 합니다. 이 생각은 그 문화의 경제적 발달과 긴밀한 관계가 된답니다. 대체로 자연 위에 있다고 생각하는 문화는 산업이 발달하였고, 자연 밑에 있다고 생각하는 문화는 산업화가 느리고 경제 발달도 늦다고 합니다.

한국은 자연 속에서 자연과 조화를 강조하는 문화라는데 이것도 벌써 한물 지난 생각인가, 산을 깎아 물길을 새로 내고, 수백 년 묵은 나무를 베어버리고 그 자리에 대형 갈빗집을 내는 것을 보니 우리 인간들이 벌써 자연 위에 누르고 앉아 떵떵거릴 뿐 아니라 자연을 마구 짓밟고 있다는 생각이 듭니다.

늘매 동네 앞, 강 쪽으로 있던 느티나무는 수몰 지구가 되는 바람에 전기톱에 잘려 어느 가구 공장으로 실려 갔는지 없어지고 말았습니다. 거기에 살고 있었다던 그 구렁이도 나무와 함께 운명을 같이 한 것으로 알고 있습니다.

(2020. 12.)

아침 산책

미국 대통령 선거가 가까워 오는 2020년 8월, 어느 맑은 여름날 아침이었다. 우리 부부는 아침을 먹기 전에 습관대로 우리가 사는 콘도미니엄 뒤 험버강을 따라 걷는 산책길에 나섰다. 산책길은 자동차 한 대가 너끈히 다닐 수 있는 넓이의 아스팔트로 포장된 길, 양쪽으로는 숲이고 오른편 숲이 끝나고는 험버강이 흐른다.

그날도 별다른 일 없이 길을 가고 있는데 저 앞에서 우리 쪽으로 걸어오던 중동사람인 듯한 부부가 우리 앞에 다가오더니 우리를 막아서며 '오른쪽으로 걸어라'는 지시를 하는 게 아닌가. 순간 나는 속으로 '세상에 이런 무례한 놈이 있나' 하는 생각이 들어 그 이유를 물었더니 길 오른편으로 걸어야 한다는 것이다. 내가 얼마 전 바로 이 길에서 순시하는 교통순경에게 이런 길에서 왼쪽으로 걸어야 하느냐, 오른쪽으로 걸어야 하느냐고 물었더니 순경의 대답이 '어느 쪽으로 걸어야 한다는 규정이 없으니 네 마음대로 걸어라.' 하더라는 말도 했다. 규정이 없다는 것이 나의 대답.

그런데 이런 설명 따위는 이 중동에서 온 부부에게는 통하지 않았다. 이런 길에서는 오른쪽으로 걷는 것이 규범이란다. 어느 쪽으로 걸어도 된다고 해도 '오른쪽으로 걷는 것이 규범이다.'라는 말만 되풀이했다. "너의 기준은 어디서 나온 규범이냐?"라고 물어도 대답은 하지 않고 다른 사람들이 오른쪽으로 걸으니 너도 오른쪽으로 걸어야 한다는 말뿐이었다.

나중에는 서로의 감정이 격해져서 나는 '내가 어느 쪽으로 걷든지 네가 상관할 일이 아니다. 나보고 어느 쪽으로 걸어야 한다고 지시할 권리가 없다. 너는 너, 나는 나다. 너는 네 할 일이나 하고 나는 내 할 일을 하고 산다.'는 요지의 주장을 해도 상대방은 오른쪽으로 걷는 것이 규범이라는 말만 되풀이하였다. 싸우다가 정든다는 말이 있듯이 어느새 정이 들었는지 나중에는 서로 웃으며 자기주장만 하다가 헤어졌다.

이 일이 있은 며칠 후 나는 이 중동 부부의 규범에 대해서 생각해 보았다. 규범이란 무엇인가. 규범이란 한 문화에서 정상적으로 기대하는 행동이다. 그러니 규범이란 문화에 따라 제각기 다르다. 예로 한국이나 일본 사람은 길거리에 걷고 다니던 신을 그대로 신고 집 안에 들어가지는 않는다. 그러나 북미 문화권에서는 신을 신고 집안에 들어간다. 이것이 규범의 차이이다. 벌써 20년이 넘었다. 웨스턴온타리오대학교에 있을 때 어떤 파티 자리에서 낯선 외국 교수에게 아내를 소개하려는데 그가 아내의 뺨에 키스를 하려고 하는 바람에 아내가 몹시 당황해하던 기억이 난다.

길을 왼쪽으로 걸어라, 오른쪽으로 걸어라 하는 시비는 누가 맞고 누가 틀리다고 할 수 없는 것 같다. 옛날 박정희나 전두환 같은 독재자 아래서 법의 획일적 해석과 복종을 수없이 경험한 사람들은 이 길 걷는 규범도 일종의 법이니 내가 오른쪽으로 걸어야 한다고 주장했을 것이다.

그러나 지금은 포스트모더니즘의 시대, 법에 저촉되는 일만 아니면 이래라 저래라 간섭받지 않고 행동할 수 있다. 규범의 해석은 그 사회 구성원의 과거 경험에 따라 제각기 다르기 마련이니 사실 규범이란 것도 이제는 몇 개 안 남고 사라진 것이나 다름없다. 캐나다같이 제각기 다른 문화적 배경을 가진 사람들이 모여 사는 나라에서는 '이것이 캐나다 사회의 규범이다.'라고 할 수 있는 것이 거의 없다.

나보고 '오른쪽으로 걸어라' 지시를 하던 중동계 부부는 요사이도 가끔 마주친다. 나는 아직도 왼쪽으로 걷고 그들은 오른쪽으로 걷는다. 나와 마주칠 때는 우리는 반가운 척 손을 흔들어댄다. 그러나 속으로는 '아침부터 재수 없게 저런 녀석들과 마주 치나?'라는 생각이 든다. 그들도 '아침부터 저 차이나맨(China man) 만나서 재수 없겠다.'라고 생각할지 알 수 없다. 그러나 우리는 웃으며 손을 흔들어대며 지나간다.

(2020. 9. 1)

영어가 나오질 않네

한국 E여대에서 은퇴를 앞둔 1년 전쯤이었지 싶습니다. 중학 동기 동창 H한테서 전화가 왔습니다. 이유인즉 H가 박사학위 공부를 한 캐나다 A대학교의 부총장이 한국학생들을 A대학교에 유치할 목적으로 한국에 왔다고 합니다. 온 김에 A대학교에서 학위과정 공부를 한 사람으로 한국에 살고 있는 사람들에게 저녁 대접을 하겠으니 S호텔 양식부로 나오라는 것이었습니다.

아내는 A대학교에서 박사과정 코스를 모두 마치고 학위논문을 쓰고 있었는데 내가 동부로 대학을 옮기는 바람에 먼 거리로 주임교수를 만나기도 어렵고 두 도시를 왔다 갔다 하는 재정적 지출이 너무 많다 보니 흐지부지 그만두게 되었습니다. 그러니 아내는 한국 A대학교 동문회 회원이었고 그날 저녁 모임에 참여할 자격이 있었지요.

그래서 나도 아내 덕분에 저녁 모임에 갔습니다. 한 50명 정도가 모였을까. 저녁을 먹고 옆자리에 앉은 사람하고 얘기를 하고 있는데 사회자가 아닌 밤중에 홍두깨 내밀 듯이 "이동렬 교수 앞에 나와서 좋은 말씀 몇 마디 해 주십시오." 하고 나를 끌어내는 게 아닙니까. 사전 예고도 없는 완전 기습 작전이었습니다. 나는 영어로 뭘 쓰는 데는 자신이 있었지만, 말은 발음도 그렇고 어물어물하고 유창하지를 못합니다. 내 한국말도 어눌하거늘 미국말로 하라구? 그렇다고 캐나다 교단에만 30년을 섰다는 사람이 인사말 한 마디 못한다면 말이 되겠습니까? 용감하게 앞에 나가서 마이크를 물려받았습니다. 이것을 한국말로 '정면 돌파'라고 한다면서요. 그런데 말이 나오질 않는 게 아닙니까. 무정한 시간은 흐르고 또 흐르는데 나는 마른기침에 웰… 웰만 하다가 겨우 몇 마디하고서는 마지막에 "탱큐"라는 말은 또렷하고 자신 있게 끝내고 자리로 돌아왔습니다. 그날 저녁에 다른 사람들은 '저 사람은 강단은 고사하고 캐나다에 50년을 살았다는 게 맞나?' 할 정도로 영어가 되지 않았습니다.

근거 없는 주장은 아닌데 어떤 교수가 내게 한 말이 생각납니다. 사람은 죽을 때가 가까워지면 제2외국어는 슬며시 사라지고 자기 모국어만 남는다는 주장입니다. 이승만도 하와이 요양원에 가 있을 때 영어를 '예스, 노'밖에 못했고 연세대 총장 백낙준도 그의 죽음이 가까워지면서는 영어는 다 잊어버리고 한국말만 했다 합니다. 나는 유명한 사람도 아니면서 그들과 같게 되지 않을까요?

나는 요사이 텔레비전에서 나오는 뉴스도 알아듣기 어려워서 뉴스도 듣질 않고 지냅니다. 한국에 가면 E대학교 학생들은 내가 영어권 나라에 50년을 살았다니까 꿈도 영어로 꾸고 영어에는 아무런 문제가 없을 거라고 생각합니다. 내 속만 타들어 가고 어디 호소할 데도 없습니다. 물론 내가 사는 현재 언어 환경이 그렇게 만들기도 했겠지요. 낮에 걸려오는 영어 전화란 모두가 "집 팔겠으면 도와주겠다."는 장사꾼들의 말뿐이니 영어로 대화할 기회는 거의 없습니다.

심리학자들이 미국에 이민을 온 사람들이 영어를 마스터해 가는 과정을 연구한 것을 보면 미국에 와서 영어를 시작한 나이를 꼽습니다. 나이가 이르면 이를수록 좋고 그것도 15살이 되면 정점이 되어 그 이후에는 별로 덕을 보지는 못한답니다. 그러니 서른 살에 미국에 오든 마흔 살에 오든 별 상관이 없다는 말이지요. 또 중요한 요소가 이 북미대륙 문화에 젖어 드는 정도입니다. 북미대륙문화에 젖어 드는 속도가 빠르면 빠를수록 영어에 대한 성장도 빠르고 깊다고 합니다. 내 생각에도 언어라는 것은 특정 문화와 긴밀하게 연결된 것이므로 문화에 대한 이해 없이는 그 문화의 언어에 대한 이해도 제한적이라고 생각합니다. 예로 '등 뜨시고 배부르다'는 속담은 온돌이라는 문화적 개념을 모르고는 참 이해하기가 어려운 말이 되지요.

나는 내 나이 26살에 캐나다에 왔으니 혓바닥이 굳을 대로 굳어진 놈이었습니다. 게다가 나는 북미생활을 그다지 좋아하지는 않았습니다. 나는 내 이름도 '조지'니 '마이크' '폴'이니 하는 서양 이름이 없습니다. 나는 서양 문화, 특히 북미대륙의 문화는 너무나 침략적이고, 음험하며, 이해타산적인 문화라고 원천적으로 부정하였습니다. 그러니 내가 북미대륙의 문화에 흡입되거나 동화되지 않고 실로 멀리 살아왔습니다.

이 모든 것을 살펴볼 때 내 영어가 늘어갈 확률은 낮아지고 아마 이대로 있다가 저세상으로 가지 싶습니다.

한국 속담에 '자라 보고 놀란 놈 솥뚜껑 보고 놀랜다.'는 속담이 있습니다. 이제는 영어로 인사하고 영어로 회의하는 데는 될 수 있는 대로 피하려고 합니다.

(2020. 12.)

원뎅이

2020년 초가을 어느 날 내게 이메일이 한 통 들어왔습니다. 보낸 사람은 한문학자 L교수. 내 수필집 몇 권을 영남대학 L교수에게 보냈는데 자기는 그 대학교에서 벌써 몇 년 전에 은퇴해서 이제야 책을 받게 되어 고맙다는 인사말이었습니다.

나는 L교수와 인연이 있다고도 할 수 있고 없다고도 할 수 있습니다. 있다는 건 L교수의 친형 L박사, 월북한 형의 친구가 13살 나이에 우리 종가의 사위로 들어왔기 때문이지요. L박사는 S대학을 졸업하고 유학을 다녀온 물리학 박사지요. 우리나라에 맨 처음으로 컴퓨터를 들여온 사람으로 널리 알려진 사람입니다. 그의 부인은 초등학교 졸업의 학력이나 두 사람은 평생 그럴 수 없이 사이가 좋아서 많은 모임에서 화제가 되었습니다. 동생 L교수는 S대학에서 중국문학을 전공하고 대만, 일본 미국 등 여러 대학의 방문교수를 지낸 분입니다.

L교수의 부인을 소개하기 위해서는 까마득한 옛날로 거슬러 올라가야 합니다. 1949년 예안초등학교 4학년이던 나는 서울 형님댁에 가서 학교를 다녔습니다. 학교는 안암동에 있는 종암초등학교. 신설동에서 살던 나는 돈암동에 사는 J라는 소년과 친구가 되었습니다. 나와 J가 친구가 된 것은 우리 집과 J의 집이 경북 안동에서 서울로 올라와 산다는 외로움이 두 집을 가깝게 만들어 준 모양입니다. 그 집 맏아들이 J와 나는 동갑내기. 성격이 예의바르고 명랑한 J는 나의 막역한 동무가 되었습니다.

그러다가 6·25 한국전쟁이 터졌습니다. 나는 서울에서 내 고향 안동까지 500리 길을 걸어서 갔습니다. 그때 일행은 어머니와 작은형, 둘째 누나, 그리고 아버지 외가 쪽으로 친척 되는 신혼부부 한 쌍, 이렇게 모두 6명이었습니다. 우리 일행은 큰형님의 전송을 받으며 장호원에서 하룻밤을 지내고 날이 새면 걷고 날이 저물면 잠을 자는 생활을 되풀이하며 10일 만에 안동 땅에 도착했습니다. 안동시에서 하회마을을 국도로 가다가 오른쪽으로 꺾어 들어 얼마 안 가면 J 고향집 원뎅이가 나옵니다. 열흘 동안의 풍찬노숙에서 벗어나게 된 어머님은 어느 큰 기와집으로 들어가시면서 “이제 다 왔구나.” 좋아하시던 모습이 희미하게 떠오릅니다.

원뎅이 집은 큰 기와집이었습니다. 지금 어슴푸레 내 기억에 남은 것은 그 집 앞에 큰 나무가 하나 서 있고 그 집 안채도 역동 우리 집 안채처럼 크고 널찍한데 마루 북쪽으로 문이 두 개나 있어서 여름에 두 문을 열어놓으니 무척 시원하던 것이 생각납니다.

말이 고향 가는 즐거운 길이지, 열흘 동안 걷다가 자고, 걷다가 자고 하는 일과만 되풀이하다가 원뎅이 천당에 들어오니 긴장이 탁 풀어지는 것 같고 모두들 '이제 집에 다 왔구나.' 싶은지 마음이 그렇게도 편할 수가 없었습니다.

안동 출신으로 서울에서 대학 교수로 있는 사람들의 모임으로 동연회(同硯會)라는 모임이 하나 있습니다. 내가 E대학에 가 있을 때였습니다. 한번은 동연회에서 의성 고운사 관광을 갔습니다. L 교수의 부인, 즉 J의 친동생이 내 아내에게 이동렬 교수를 아느냐고 물었답니다. J의 동생도 오빠 친구인 내 이름을 기억하고 있었겠지요.

그 일이 있은 후 L교수는 영남대학에서 은퇴하면서 은퇴 기념으로 자기가 알고 있는 전국 중국문학 교수들에게 각자가 애송하는 중국 시 한 편씩을 부탁하여 ≪중국 명시 감상≫이라는 책으로 펴내어 나에도 한 권을 보내왔습니다. 퍽 좋은 아이디어라고 생각했지요. 이 ≪중국 명시 감상≫은 내 서재에서 아주 귀한 대접을 받고 있습니다.

그런데 내가 통화를 하다가 L교수의 부인(J의 여동생) 안부를 물었더니 상배(喪配)를 했다는 청천 벼락이었습니다. 70년 전, 내가 신설동에 살 때 돈암동 J에게 가면 가끔 어린아이로 보이던 그 명자가 벌써 죽었다는 말입니다. 이번에 한국을 나가면 원뎅이 집,

70년 전에 어머니께서 지친 몸을 끌고 "이제 다 왔구나." 하고 좋아하시던 원뎅이 집에 가보리라고 생각하고 있었습니다. 이 말을 L교수에게 했더니 "그 원뎅이 집은 벌써 헐리고 그 집터가 경상북도 도청의 딱 중심이 되었다."는 대답이었습니다. 70년 동안 간직한 내 어린 시절의 추억이랄까, 내 가슴속에 아련한 꿈이 와르르 무너져 내려앉는 순간이었습니다.

L교수가 상배했다는 말을 들으니 내 몸속에 있는 기력이 다 빠져나가는 듯싶었습니다. 시계를 보니 내가 L교수와 통화한 시간이 한 시간 반을 넘고 있었습니다. L교수는 중국문학을 전공한 박사답게 왕발(王勃)의 시 한 구절(이 세상에 지기가 있다면야 하늘 끝도 이웃 같으리 : 海內存知己/天涯若比隣)을 인용하며 수화기를 놓았습니다.

(2020. 9. 20)

하늘이여, 하늘이여

우리 부부는 올봄부터 한국에서 방영되는 〈이만갑 '이제 만나러 갑니다'〉이라는 텔레비전 프로그램을 알게 되어 이를 열심히 시청하고 있습니다. 올 7월로 〈이만갑〉이 벌써 총 500회를 넘는 장수(長壽)프로그램이 되었다지요. 물론 캐나다에서는 유튜브로 통해서 시청을 합니다. 〈이만갑〉은 탈북한 북한 각계각층 사람들이, 어떤 이는 압록강이나 두만강을 건너서, 어떤 이는 바다로, 또 어떤 이는 비무장지대로 잠입, 제각기 서로 다른 길로 넘어왔다고 합니다. 모두가 북한의 족쇄에서 풀려나기 위해 그야말로 생명의 위험을 무릅쓰고 자유를 찾아 넘어온 사람들입니다. 하루는 보통이고, 이틀, 사흘 동안 아무것도 먹지 못하고 배고픔을 견디면서 자유의 대한민국 품에 안긴 이야기를 들으면 무척 감격스럽습니다. 나도 모르게 눈물이 고일 때가 많았지요.

그들의 이야기로는 북한을 탈출하여 자유대한의 품에 안긴 사람들의 긴 행로가 그냥 밋밋한 가시밭길만은 아니었다 합니다. 그 고난의 도망길에는 배고픔 말고도 공포와 목숨에 대한 위험과 모욕, 한 발짝만 잘못 디뎠다가는 중국 공안에 체포되어 다시 북한으로 보내질 위험의 연속이었다 합니다. "한 사람이 또 다른 사람에게 이토록 잔인하고 사악한 짓을 할 수 있을까?" 하고 탈북자 자신들에게도 믿기지 않는 경우가 많았다고 합니다. 그렇다고 탈북을 한 사람들 모두가 악독스럽기 짝이 없는 인간 이하의 사람들만 만난 것은 아니지요. 그 험한 여정에도 처음 보는 사람에게 기대 이상의 인간애와 따스한 인정을 베풀어준 사람들도 많았음을 알 수 있었습니다.

다음 두 가상 장면을 상상해 보십시오.

탈북을 시작하느라 갈대숲을 헤치며 도망을 가다가 미행하는 동료 병사 A에게 들켰습니다. 동료가 지금 탈북하고 있다는 사실을 너무나 잘 알고 있는 병사 A는 갈대밭에 기진맥진 쓰러져 누워있는 도망자를 한참 내려다보더니 아무 말 없이 그냥 돌아서서 가더랍니다. 이에 비해서 "안 된다. 우리 수령님의 명령이다. 돌아가자. 안 돌아가면 쏜다."라며 총대 앞에 동료를 세우고 본대로 돌아가는 병사 B를 비교해 보십시오.

탈북하는 동료를 말없이 내려다보다가 돌아서서 가버리는 병사 A와 총대 앞에 동료병사를 앞세우고 본대로 돌아가는 병사 B의 속생각은 크게 다를 수가 있겠습니다. A는 "너는 기어코 이 지옥을 벗어나는구나. 가서 잘 살아라." 하는 부러움과 축하의 메시지가, B에게는 "수령님의 지시를 어긴 배신자는 안 된다. 돌아서라." 하는 열혈 단심, 우국충정의 애국심이 철판같이 튼튼하게 깔려 있을 수도 있습니다. 이쪽에서 보면 그는 말할 수 없이 표독스런 인간이지요. 그러나 북한이라는 체제 안에서 보면 그는 더할 수 없는 김정은 체제의 파수병이요 그 체제의 충신이 아니겠습니까?

선(善)과 악(惡)도 보는 입장에 따라 위치가 뒤바뀔 수 있는 겁니다. 〈이만갑〉은 우리 부부에게 실로 많은 생각과 인생에 대한 교훈을 던져 주었습니다. 이들 교훈은 어느 철학자의 명상록에서 나온 것이 아니라 고난을 체험한 사람들이 누에가 실을 통해 놓듯 풀어놓는 아무 가식 없는 이야기에서 들은 것들입니다.

우리 부부는 본래 사람들이 친북인사라고 할 정도로 북한에 대한 지지자들이었는데 〈이만갑〉을 보는 동안 열렬한 탈북민 지지자들로 바뀌어졌음을 고백합니다. 아래에 〈이만갑〉을 보며 느낀 점을 몇 가지 적습니다.

첫째, 남과 북은 수천 년 동안 하나의 민족이었습니다. 일 년 절기 풍습이 같고 음식이나 놀이문화가 같습니다. 해방 후에 북은 폐쇄의 길을 걸었고 남은 개방사회의 길을 걸었습니다. 북은 국민들의 국내 거주지조차 마음대로 고르지 못하도록 통제하였지요. 그러니 사회적 유동성이 적은 대부분 사람은 평생 한 지역에서 살아야 했습니다. 그 결과 가족 간 유대는 어느 때보다도 더 강해졌다고 생각합니다. 가족 간의 유대는 남과 북이 다 같이 강한 것이 특색입니다. 그러나 주거의 자유가 없고 이웃 간에 서로 믿지 못하는 북에서는 가족 간의 유대는 남쪽보다 더 강해진 것 같습니다.

둘째, 사람은 배를 굶주리면 여느 때는 상상도 할 수 없었던 난폭한 길로 들어서기도 합니다. 친절이니 남을 도와주는 이타적 행동도 내 배가 고프지 않는 상태에서 더 쉽게 일어날 수 있는 것이 아닙니까? 비도덕적이거나 잘못된 행동을 할 때는 그들이 본래 잔인하고 영악스러워 그렇다기보다는 내려질 형벌이 가혹하고 모든 일이 약속한 대로 되지 않을 경우가 너무나 많아서 그런 것으로 볼 수도 있겠지요. 즉 국민들의 욕구불만이 쌓이고 쌓여 울분으로 변하면서 거친 행동을 서슴지 않게 되었다고도 생각해 볼 수 있지 않습니까. 주민들이 모든 것을 국가에서 통제하는 경험을 해봤기 때문에 그 결과 의존적이고 게으른 사람들이 많다고 주장하는 사람들이 간혹 눈에 띕니다.

1950년 한국전쟁이 터지고 수많은 피난민이 기본 자산 없이 맨손으로, 성실히 노력하고 노력한 끝에 결국 온 나라의 상권을 좌지우지할 정도로 성공한 것을 우리는 보지 않았습니까? 북한 사람들이 '생활력이 강하다.'는 뜻이 무슨 말입니까? 서로 반대되는 문장에 이것도 '네'로, 저것도 '네'로 답할 수는 없지요.

셋째, 〈이만갑〉에 나오는 탈북민을 비롯해서 풍요로운 자유 천지를 찾아 굶주림만 안겨준 고향 땅을 영원히 버린 것으로 오해하기가 쉽습니다. 〈이만갑〉에서는 바람결에 들려오는 고향 노래 한 곡조에도 그들은 절절한 그리움에 눈물을 글썽입니다. 그들에게나 우리에게 고향은 살아 숨 쉬는 마음의 놀이터요, 유년 시절의 꿈자리라는 것을 〈이만갑〉을 통해서 수백 번 확인할 수 있었습니다. 고향은 누구에게나 영원한 자기의 분신입니다.

넷째, 탈북한 사람들이 〈이만갑〉에서 자기도 그랬노라고 고백한 밀수나 도둑질, 거짓말 같은 것은 오랜 굶주림과 목마름에서 오는 당연한 행동이지 종자가 그렇다는 것은 말도 되지 않으려니와 아무 근거도 없는 이야기입니다. 그들은 이렇게 나무라는 것은 우리 할아버지 할머니를 나무라는 것과 마찬가지지요.

올여름에는 평양에서 태어나서 정부의 명령으로 지방에 가서 살던 어느 젊은 여성 한 사람이 자유대한으로 넘어온 탈북기를 쓴 것을 한 권 얻었습니다. 압록강을 건너서 중국에서 살다가 고생 고생한 이야기, 중국에서 꿈을 찾아 대한민국으로 왔으나 여기서도 적응하지 못하고 다시 캐나다로 표류해온 고통스런 이야기들이 400쪽 가까운 분량에 실감나게 엮어져 있었습니다. 밤을 새워 앉은자리에서 다 읽었지요. 읽으면서 내 손이 무심코 손수건을 찾은 것이 한두 번이 아니었습니다.

이토록 젊은 나이에 상상을 초월한 그 많은 고생을 견디어낸 여인, 그는 내게 참으로 거룩한 모습으로 다가왔습니다. 하늘이여, 하늘이여 당신은 무슨 심술로 이 어리고 연약한 여인에게 천리가 넘는 가시밭길을 걷고 또 걷게 하시나요? 마흔아홉의 그 가냘픈 여인은 그저 남들처럼 하루 세끼 굶지 않고 사는 것을 바란 것뿐이라고 합니다. 이것이 죄가 되나요? 그렇다면 당신의 형벌은 너무나 가혹하고 터무니가 없습니다. 하늘이여–.

2021. 8.

어린이, 청년, 그리고 노인

최용범과 이우현이 공동 집필한 ≪한국 역사≫를 보면 '청년'이란 말은 '만들어진' 말이라고 합니다. 이전까지 청년은 젊은이로 불리다가 1893년 일본에서 조선청년애국회가 결성되고 나서는 사회적으로 인기 유행어가 되었다 합니다. 기독교청년회, 여자청년회, 청년구락부 등 청년이란 이름을 간판으로 내건 조직은 1920년만 해도 250여 개에 이르렀다지요.

한편 청년 운동과 함께 빼놓을 수 없는 것은 바로 어린이 운동입니다. 독립선언문을 쓴 육당(六堂) 최남선이 '어린이'란 말을 처음으로 사용한 이후 격식 있는 단어로 '어린이'를 쓴 사람은 소파(小巴) 방정환입니다. 소파는 천도교의 제3교주요 독립선언문에 민족대표 33인 중의 한 사람으로 서명한 의암(義岩) 손병희의 사위로서 이런 전통에 깊은 뿌리를 내리고 있던 인물로 볼 수 있습니다. 소파는 천도교 소년회를 조직해서 어린이 운동을 본격적으로 시작했습니다.

어린아이도 한울님으로 모셨으니 어린이를 절대로 학대하지 말 것을 주장했습니다. 이같이 그는 천주교 2대 교주 최시형의 말을 충심으로 따르는 어린이 운동가였지요. 방정환은 1922년 첫 번째 어린이날을 제정하여 5월 1일에 행사를 마무리하고 이듬해에는 어린이 잡지 『어린이』와 색동회도 조직하였습니다.

나는 '어린이날'을 생각하는 중에 놀라운 점 하나가 눈에 띄었습니다. '어린이날'은 1922년 5월 천도교 제2대 교주 최시형이 '어린이는 한울님이니 절대로 때리지 말라'를 권한 것으로 알고 있습니다. 최시형은 학교교육은 전연 받아보지 못한 사람입니다. 학교 문 앞에도 가보지 못한 사람이 어떻게 우리 인간 심성에 와 닿는 이같이 절실한 말을 할 수 있을까요? 하기야 예수 그리스도, 부다, 마호메트 같은 종교의 창시자들은 모두가 학교에 다니면서 책을 읽고 인간 심성에 대한 통찰을 연마했다는 기록은 없습니다. 인간 행동에 대한 이해와 통찰은 책을 읽거나 남의 얘기를 들어서 나오는 것이 아니라 그냥 용암처럼 속에 차 있던 것이 줄줄 흘러나오는 것이라고 생각합니다.

어린이날이나 청년 운동과는 달리 노인 운동은 누가 언제 시작하였는지는 분명치 않습니다. 내 짐작으로는 노인들 자신이 시작하지 않았을까 생각됩니다. 근래에 들어 노인의 수가 엄청나게 불어났지요. 불어난 수가 하나의 정치 세력이 되어 노인 운동에 필요한 자금을 쉽사리 확보하지 않았을까 생각됩니다. '청소년 운동'이나 '어린이 운동'에 비해서 '노인 운동'은 노인들 자신이 "우리도 안정된 노후 생활을 할 수 있는 길을 터야겠다."는 슬로건을 내걸었습니다.

구태여 '노인 운동'이라고 이름을 붙여야 하는지 의심이 갈 정도로 노인 운동은 젊은이에게 의존하지 않는 경제적 독립과 노후를 풍요롭게 해줄 여러 가지 활동을 마련하자는 조용한 사회적인 삶의 변화에 지나지 않는 것 같습니다.

나는 학교 가기 전 어린 시절을 산골에서 자랐기 때문에 어린이, 청년, 노년기로 옮겨온 과정에서 내 어린 시절이 축복받은 삶이라 해야 할지 아닌지를 모르겠습니다. 나 자신은 축복이라고 생각합니다. 산과 강 그리고 나무 그늘 속에서 보낸 자연의 삶이었으니 도시 아이들처럼 꽉 짜인 하루 일과를 따라가는 삶이 아니고 내 마음 내키는 대로 산 셈이라 축복된 삶이었다고 할 수 있지 않을까요.

나는 은퇴할 나이를 한국의 E여자대학에 있을 때 맞았습니다. 한국에서 눌러살 생각도 해봤지마는 안정을 보장해주는 캐나다로 돌아와서, 촛불이 목숨이 다하기 직전 불이 갑자기 환하게 밝아지는 것처럼 아직까지는 별 탈 없이 살고 있습니다. 한국에 있을 당시, 나는 한국 땅에서 31년을, 캐나다 땅에서 34년을 살았습니다. 말할 것도 없이 한국은 정(情)이고 캐나다는 안정(安定)입니다.

요사이는 세대차이가 너무 크다고 걱정하는 사람들이 많습니다. 세대 차라면 청년세대와 장년, 노인 세대 간의 차이를 말하는 것이 아니겠습니까? 이 세대 간 차이를 메우려고 애를 쓰는 사람들이 많습니다. 그러나 이 노력의 효과가 얼마나 큰지는 잘 모르지요. 나는 이런 데는 비교적 보수적 입장을 취합니다. 세월이 가면 저절로 해결될 것이라고, 그래서 때가 오면 적절한 개입을 지지하고 있습니다. 인류 역사에는 언제나 부자와 가난한 사람들이 있기 마련입니다. 마찬가지로 젊은이와 늙은이의 생각이나 생활 방식에는 언제나 차이가 존재할 것입니다.

(2020. 1.)

여자로 태어났으면

나는 가끔 '내가 여자로 태어났으면 내 삶이 어떻게 달라졌을까?' 하는 물음을 던져봅니다. 지금까지 내가 걸어온 길, 이를테면 전공이라든지 학문의 길을 걷는 것은 별로 다를 것이 없었지 싶습니다. 가장 큰 차이는 자식은 지금처럼 둘만 두는 게 아니라 11명쯤 두어(문제는 내 신랑이 그럴 힘이 있는지는 모르겠습니다마는) '흥부처럼 가난한 집에서 자식은 왜 그리 많아…' 하는 동네 사람들의 탄식은 피하기 어려웠을 것입니다.

조선 역대 임금 중에 8남 4녀를 생산한 것으로 알려진 세종대왕의 부인 소헌왕후의 기록을 넘지는 못하지요. 그러나 세종의 18남 4녀의 기록은 소헌왕후를 빼고도 미인 궁녀 다섯 사람의 자궁을 빌렸지 않습니까. 나는 한 배에서 11자식을 생산했으니 소헌왕후의 기록보다 나은 것도 없지마는 못한 것도 없다는 생각이 듭니다. 그러니 11=12라는 어처구니없는 등식이 성립되지요.

요새는 온몸을 짜깁기하는 성형수술은 물론 성(性)까지 남자에서 여자로, 혹은 여자에서 남자로 바꾸는 성전환 수술도 한다니 놀랍기도 하고 겁도 납니다. 여권(女權) 신장이다 뭐다 하며 여성의 권리를 외치는 고함소리가 점점 더 크게 들려오는데 앞으로 몇백 년 더 있으면 남성보다도 여성들이 더 살기 좋은 세상이 되지 않겠습니까. 그렇게 되면 여자로 수술하는 사람이 더 많아지지 않겠어요.

옛날 조선 때처럼 어른들이 함께 살 짝을 찾아 인연을 맺어주던 시절에는 개성이란 것에 그다지 신경을 쓸 필요는 없었습니다. 그러나 자기가 함께 지낼 사람은 자기 취향에 맞게 자기가 직접 고르는 요새 세상에는 남자건 여자건 그가 풍기는 개성은 더할 나위 없이 중요하게 되었지요. 이 개성이란 것도 요새는 돈만 있으면 성형수술도 있고 '코디'(맞나요?)라는 직업을 가진 사람이 화장은 어떻게 하고 옷은 어떻게 입고, 손톱에 칠하는 매니큐어, 목에 거는 넥타이에 대해서도 전문적 충고를 받을 수 있습니다. 나도 여자였으면 성형의사나 코디 직업의 사람에게 전문적 의견을 물어 나 자신을 아주 포장이 잘된 상품으로 만들어 놓았지 싶습니다.

나는 여자로서 나의 배우자가 마음에 들지 않는 행동을 몇 번 했다고 이혼을 제의하거나, 부부 말다툼 한 번 했다고 친정으로 달려가는 그런 여자는 아닐 것입니다. 신랑한테 뺨이라도 한 대 맞으면 나도 같이 한 대 올려붙이는 그런 용맹 무쌍한 무인 정신은 내게 없습니다. 아내에게 손을 대는 남편은 가장으로서는 가장 천박한 남편이니 내가 이혼을 생각하는 사람은 바로 이런 사람일 것입니다. 얻어맞으며 살 필요는 없지요.

이혼 말이 났으니 말인데 조선 시대 남녀관계 율법이던 칠거지악을 들먹이는 것은 지난-밤의 꿈 이야기를 하는 것과 같이 허황스러울 것입니다. 요새 구 칠거지악(七去之惡) 대신 신(新) 칠거지악이 있다 해서 컴퓨터 키를 두들겨 봤더니 다음과 같은 우스개 칠거지악이 눈에 띄어 여기 옮겨봅니다. 첫째, 따로 따로 노는 부부, 둘째, 계속 밖으로 나도는 부부, 셋째, 서로 험담만 하는 부부, 넷째, 돈 돈 하는 부부, 다섯째, 달달 볶는 부부, 여섯째, 퉁명스러운 부부, 일곱 번째 말이 없는 부부. 내 생각으로 이런 칠거지악에 걸려들지 않을 부부가 이 세상에 있겠습니까.

내가 여성으로 태어나서 장담을 전혀 못할 것이 하나 있습니다. 다름 아닌 남편의 사랑을 받는 것입니다. 좋은 사람 만나 나를 신혼 때처럼 변함없이 사랑해주면 다행, 첫아이 낳고 남편의 눈길이 초점이 없고 사방으로 흩어지면 나는 어떡하지요? 이것만은 내가 100% 통제권을 가질 성질이 아닌 것 같습니다.

이기환의 ≪흔적의 역사≫에는 며느리를 두 사람이나 번갈아 쫓아낸 세종대왕 이야기가 나옵니다. 세종 아들 문종의 첫 번째 부인 김씨와 두 번째 부인 봉씨를 말합니다. 이들 며느리 둘 다 문종과는 소원한 관계였다지요. 문종이 부인을 멀리했다고 다른 여자들한테 열정을 쏟은 것도 아니었습니다. 이렇게 남편 되는 사람이 자기에게 무심하게 대하니 첫 번째 부인 김씨는 '사랑의 묘약'을 쓰다가 발각되어 쫓겨나고(사랑의 묘약이란 뱀이 교미할 때 흘린 정액을 수건에 받아 허리에 차고 있는 것), 둘째 부인 봉씨는 남편이 자기한테 오는 발길이 뜸해지자 여종 소쌍과 동성애의 추행을 벌이다 쫓겨났습니다.

시조시인 백수(白水) 정완영에 의하면 결혼생활은 삼단계로 옮겨간다고 합니다. 즉 20대 갓 결혼해서 애정(주로 성적인 사랑)에서 출발하여 50대의 정(情)으로, 70대의 낙(樂)으로 옮겨간다고 합니다. 세종대왕의 며느리들은 20대 애정 단계에서 남편의 성적 사랑을 더 받으려다 이런 일이 생긴 것이 아닙니까. 세종도 그런 아들을 달래고 닦달했지만, 별수가 없었던지 다음과 같이 한탄했다고 합니다.

금술이 저리 좋지 않으니 아무리 부모라 해도 침실의 일까지 어찌 자식에게 가르칠 수 있단 말인가.

내가 이 글 맨 처음 던졌던 질문에 관한 생각은 지금 21세기에 하기보다는 22 혹은 23세기에 가서 해 보는 것이 더 재미있을 것 같습니다.

(2020. 10. 26)

전원생활

이 땅에 태어난 시인(詩人), 묵객치고 전원생활, 시냇물 흐르고, 아침 안개가 들판 가득 피어오르고 종일토록 새 기저귀는 뒷동산을 그리워하지 않는 사람이 있을까? 옛 사람들 중에도 그들이 살던 도시가 오늘날 기준으로 보면 시골에 지나지 않았을 텐데도 "차마(車馬)소리 들리지 않는 한적한 전원으로 돌아가서 살고픈 영원을 가진 이들이 종종 있었다.

나는 전원에서 태어나서 거기서 자랐다. 전원이라는 말보다는 산골이라는 게 더 맞는 말일 것이다. 내가 태어난 집 주위로는 100미터 안에 사람 사는 집은 보이지 않고 소나무로 겹겹이 둘러싸인 외딴 집이니 시골의 시골이었다. 눈에 보이는 것이라곤 정정한 소나무와 푸른 강물줄기, 하늘에 떠가는 구름 조각뿐이었다. 그 정든 산천을 떠나 작은 도시에서 더 큰 도시로 옮겨 다니다가 도시의 도시 서울로 와서 살다가 캐나다로 터전을 옮겼다. 결혼을 하고 아이도 낳아 키웠다.

도시에 사는 사람들은 시골의 삶을 그리워하고 시골 사람들은 도시의 삶을 부러워한다. 조선 영 정조 때의 선비로 시문학, 정치, 경제, 공학, 의학, 약학, 윤리, 도덕 등 통달하지 않은 학문 분야가 거의 없다 싶을 정도로 박학한 천재가 하나 있다. 500권이 넘는 저서를 남기고 간 다산(茶山) 정약용을 두고 하는 말이다. 그는 18년 귀양살이를 하며 그의 맏아들 학연에게 보낸 편지에서 제발 부탁하노니 "서울의 번화가에 살면서 문화(文華)의 안목을 넓히라"고 타일렀다. "… 귀하고 권세 있는 집안은 재난을 당해서도 눈썹미만 찡그리지 이내 평안하며 걱정 없이 지내지만 먼 시골 깊은 산속으로 낙향하여 버림받은 집안이야 겉으로는 태평이 넘쳐흐르듯 하지만 마음속에는 항상 근심을 못 떨치고 살아간다."고 하였다. 그러니 다산이 말하는 서울 생활이란 자기 같은 폐족에게도 언제고 벼슬에 오르는 날이 올 것이라는 것을 굳게 믿고 있다는 것을 알 수 있다.

엄밀히 말하자면 시골과 전원은 같은 말이 아니다. 그러나 얼추 섞어 쓸 수 있는 말이다. 도시 사람들은 시골 생활의 좋은 면만 보고 시골 생활을 동경한다. 그러나 시골 생활이라고 매일 단순, 유쾌한 것만은 아니다. 여름에 비 오는 날이면 음습하고, 밤이면 모기가 들끓고, 밥상 위로 날파리들이 윙윙거리며, 비위생적이고 지저분할 때가 너무나 많다. 〈격양가〉에 나오는 말처럼 '밭 갈고 씨

뿌려 밥해먹고 우물 파서 물 마시는 것' 하기도 그리 쉬운 일은 아니다. 허리가 휘도록 힘든 일을 해야 할 경우가 많다.

피곤한 내 눈을 적신 적이 한두 번이 아니었던 그 산하(山河)에 늙으면 꼭 그곳에 가서 이 세상을 하직하는 눈을 감으리라는 꿈을 간직해 왔다. 그러나 이제는 "너 거기 가서 살아라" 해도 주저할 판이다. 나도 모르게 도시 사람이 된 것이다. 나는 올해로 그 정든 산천에 그리움만 남겨두고 다른 모든 것에는 작별을 고한다. 거기 가면 여기가 그립고, 여기 오면 또 거기가 그리워지게 되는 것을 알면서도. 경자년이 곧 우리 곁을 떠난다. 작별이나 하고 오자.

2020년 세모

淸峴山房主人 陶泉

인물평

쓸 글 제목을 '인물평'이라고 적어놓고 보니 은근히 걱정이 앞섭니다. 평가한다는 평(評)자가 들어가 있으니 장례식 조사(弔辭)처럼 천편일률 후덕호인(厚德好人)으로만 늘어놓아서는 안 될 것이고 반드시 평을 받는 사람에 대해 한두 가지 부끄러운 점도 지적해야 한다는 긴장감 때문이지요.

'인물평' 하면 당장 떠오르는 사람이 하나 있습니다. 조선 세종 때 온양의 고불(古佛) 맹사성과 더불어 명콤비로 이름을 날렸던 황희 정승입니다. 황희는 판단력이 건전하고 후덕하였으며 모든 일에 공명정대한 고등관리로 이름을 날리다가 여든이 넘어 벼슬에서 물러난 정승이지요. 그러나 그가 죽고 나서 들리는 평은 그가 살아 있을 때처럼 그렇게 좋은 이야기는 아니었습니다. 우선 그는 공명정대했다기보다는 뒤로 뇌물을 받고 벼슬을 팔아먹는 매관매직을 은밀히 했답니다. 친구 박포의 부인과 간통했다는 그리 아름답지 못한 이야기는 지금까지 전해 옵니다. 이야기는 이렇습니다. 무인 박포가 사형당하고 박포의 아내는 그의 종과 간통을 하였는데 우두머리 종이 이 사실을 알게 되자 그 우두머리 종을 죽여 연못에 던져버렸다고 합니다. 박포의 아내는 이 사실이 세상에 드러날까 두려워 서울로 도망 와서 당시 재상이었던 황희에게 도움을 요청했습니다. 그래서 박포의 부인은 황희 집 뒤에 있는 동굴 속에 여러 해를 살았다지요. 황희가 이때 박포의 아내와 간통을 했다지요. 그가 사람들과 의논할 때는 쓰는 말들이 온화하고 단아해서 잘못됨이 없었다 합니다. 그러나 그의 심술은 바르지 않아서 자기에게 거슬리는 자가 있으면 몰래 중상을 했다지요. 그가 죽고 나서 청렴한 관리만 추천되는 청백리(淸白吏)에 추천됐으나 심사위원들 간에 반대 의견이 너무 많아 마지막 청백리 명단에서는 탈락한 것으로 알려져 있습니다.

우리가 잘 알고 있는 교산(蛟山) 허균도 황희와 닮은 점이 있습니다. 그가 살았을 때와 죽고 난 후의 평이 극명하게 다릅니다. 비록 행실이 방만하여 죽임을 당했으나 살아 있을 때의 그의 행적을 보면 그는 대단히 자유분방하고 사회계층을 가리지 않고 그 시대에 맞지 않을 정도로 폭넓게 사람을 사귀었습니다. 당시의 시대 기준으로 보면 허균의 행동은 기행일지는 몰라도 오늘날 기준으로 보면 칭찬받을 일이 한두 개가 아니었습니다.

조선 시대에는 소속 당파에 따라 인물평이 너무나 달랐기 때문에 평을 하는 사람의 소속 당파를 알아두는 것이 필수인 것 같습니다.

'좋다'와 '나쁘다'의 행동기준이 다른 오늘날, 좋은 사람 나쁜 사람을 뭉뚱그려 단정하기에는 무리가 많습니다. 듣기로는 남명(南冥) 조식은 사람을 '좋은' 사람, 혹은 '나쁜' 사람으로 2분해 놓고 좋은 사람으로 생각되는 사람 이름 옆에는 붉은 점을 찍어 놓는답니다.

그런데 사람을 좋고 나쁜 사람으로 2분할 수 있겠습니까? 사람은 때와 장소에 따라 자기 스스로 행동을 바꿉니다. 좋은 사람이라고 언제 어디서나 좋은 행동만 하는 것이 아니며 나쁜 사람이라고 항상 나쁜 행동을 하고 다니는 것은 아닙니다. 모든 인간은 지킬 박사와 하이드 씨입니다.

매국노로 알려진 이완용의 인물평가를 한다고 가정해 보십시오. 그가 나라를 일본에 팔아먹은 매국노라는 엄청나게 검은 구름이 그의 온 주위를 감싸고 있기 때문에 많은 객관적인 좋은 점을 지나치기가 매우 쉬울 것입니다. 우선 그는 여자관계에서 대단히 깨끗했습니다. 그는 돈이 많은 사람이었으나 그의 생활은 무척 검소한 것으로 알려졌습니다. 그는 박정희나 김영삼처럼 여자관계가 지저분했다는 이야기는 전연 들려오지 않습니다. 이완용은 머리가 극히 좋았고 글씨나 그림 등 서화에 취미가 있어서 시간이 있을 때는 서화 감상을 하러 다녔고, 조선 국전 제1회 때 서예부 심사위원도 했습니다. 그러나 인물평을 할 때 이러한 그의 좋은 점을 귀 기울여 듣지 않을 것입니다. 그가 매국노였다는 불명예가 그의 모든 다른 특성을 용암처럼 뒤덮어버렸기 때문입니다.

(2021. 6.)

2부

영겁에야 청산도 뜬 먼지일 뿐

춘몽(春夢)

나는 아주 어려서부터 어머니께서 늘 입버릇처럼 '인생은 일장춘몽(人生一場春夢)'이라는 말씀을 하시는 것을 들으며 자랐습니다.

어머니는 경상북도 칠곡 왜관읍 매원동 광주이씨 집성촌, 딸 둘인 집안에서 16살 되던 해에 안동 예안 부포동 역동집으로 시집왔습니다. 모두 8남매를 두었으나 넷은 이미 세상을 떠났고 지금까지 살아있는 자녀는 넷, 그중 하나는 요양원에 있습니다.

어머니는 학교 교육은 받아보지 못한 분. 이야기로는 할아버지가 서울 그러니까 한양 가는 길에 외가 매원에서 손님으로 하루 묵어가는데 아침에 세 살된 딸아이(어머니)가 마당에서 아장아장 돌아다니는 것을 보고 외할아버지에게 "우리 며느리가 지금 태중인데 만약 아들이면 저 아이를 내 손부(孫婦)로 하세" 하여 그 자리에서 구두 '약혼'을 했답니다. 그러니 어머니가 아버지보다 3년 연상의 여인이지요.

어머니는 큰집에 며느리로 들어와서 이 어른 눈치 보랴 저 사람 어른으로 모시랴, 언제 하루도 조용한 날이 없었다고 합니다. 그러나 어머니는 천재적인 기억력의 소유자로 한국의 옛시조, 가사, 춘향전(당시는 금서)은 물론, 소동파의 적벽부, 향산의 장한몽 같은 시가도 외웁니다. 어릴 때 어머니가 신동이어서 학교를 안 보냈다는 말도 있으니 확인할 길은 없습니다.

어머니는 자라는 동안 트라우마(Trauma)는 전연 없었고 문학적인 감수성이 높아서 그런지 무척이나 감상적이었습니다. 기쁘기보다는 슬픈 사연을 더 좋아하신 어머니, 다 큰 아들을 둘이나 잃어버리고 토지개혁, 6·25를 겪고 말년에 와서는 허무감의 절정에서 허덕이는 것 같았습니다.

어머니가 말하는 일장춘몽이 무슨 말인지는 알았지만 이해하지는 못한 것 같습니다. 안다는 것은 표면적인 것, 귀로 듣는 것이고 이해한다는 것은 체험이 내재화(內在化)되어 가슴으로 듣는 것입니다. 내가 은퇴를 하고 70, 80에 가까워 왜 이 말은 그전에 듣던 것과는 차원이 다르게 들려왔습니다.

한번은 우리 동네에 사는 A형, C형, 나 이렇게 셋 집이서 우리가 죽으면 묻힐 묘지를 사러 함께 갔습니다. 묘석에 적어두고 싶은 말이 있으면 알려달라는 직원에게 나는 "Life is but an empty dream."이라는 롱펠로(H. Longfellow)의 시구를 묘비에 넣어달라고 했습니다. 하버드대학 교수를 지냈고 미국에서 유명하다는 시인의 시에 나오는 구절이라 무슨 심오한 의미라도 담겨 있으려니 여기니까 그렇지, 우리나라에서는 학교 근처도 못 가본 사람도 이 글귀 모르는 사람은 없을 것입니다.

인생을 어떻게 보느냐는 사람마다 다릅니다. 양(洋)의 동서가 다른 것 같고, 나라마다도 다른 것 같습니다. 우리나라 사람들 대부분은 인생은 허무한 꿈이라는 말에 찬성표를 던지는 것 같습니다. 요새 와서 행복하게, 즐겁게, 내가 하고 싶은 대로, 기운차게, 희망을 갖고 살자고 하도 외쳐대니까 그렇지 나처럼 황혼에 모든 것이 가물거리기 시작하는 사람이 '인생은 하나의 긴 봄꿈'이라는 말에 가슴을 치며 동의하지 않을 사람이 몇이나 되겠습니까?

고등학교 3학년 국어 교과서에 당시 이름을 날리던 소설가 정비석의 〈산정무한〉이라는 수필이 있었습니다. 〈산정무한〉은 천하명산 금강산에 유람을 가서 느낀 감회를 유려한 필치로 쓴 글입니다. 정비석, 이은상, 양주동은 고등학교 때부터 내가 무척 좋아하던 문장가들이지요. 길고 어려운 한문투성이의 글이나 여기 인용한 것은 대학 입학시험에 하도 자주 나오는 대목이라 달달 외워서 지금도 입에서 술술 흘러나옵니다. 인생이 허무하다는 생각이 들게 하는 것은 이보다 더 나은 문장이 없다 싶어서 여기에 인용을 해 볼까 합니다. 금강산으로 숨어버린 신라의 마지막 임금 경순왕의 장남 마의태자 무덤 앞에 선 감회를 적은 것입니다.

천년사직이 남가일몽(南柯一夢)이었고 태자 가신 지 또 다시 천년이 지났으니 유구한 영겁(永劫)으로 보면 천년도 수유(須臾)런가! 고작 칠십 생애에 희로애락을 싣고 각축(角逐)하다가 한 움큼 부토(腐土)로 돌아가는 것이 인생이라 생각하니 의지 없는 나그네의 마음은 암연(黯然)히 수수(愁愁)롭다.

대학 입학시험 때문에 이 명문을 어제 배운 것처럼 아직까지 쉽게 외우고 있습니다. 남가일몽, 영겁, 수유, 각축, 부토, 암연 같은 단어는 한문으로도 알아야 했습니다.

아무리 고등학교 국어책에서 읽은 글이 명문이니 어쩌니 해도 인생의 유장한 변천과 행운유수(幸運流水)를 노래한 다음의 흔해 빠진, 그러나 천하 명구를 지나칠 수야 있겠습니까.

태어남이란 한 조각 구름이 일어남이요
죽음이란 한 조각 구름이 사라짐이라
生也一片浮雲起　死也一片浮雲滅

백년 인생도 이렇게 명료하게 처리할 수 있으니 인생의 태어남에도 기뻐할 것 없고 죽음 앞에서도 겁낼 것 없다는 말입니다. 이 얼마나 통쾌하고 시원한 말입니까.

(2020. 12)

낙방

꼭 50년 전에 있었던 이야기입니다. 내가 캐나다에서 학위를 마치고 한국 여권을 갱신해서 근무하던 대학으로 돌아갈 준비를 하고 있을 때였습니다. 여권 연장 관계로 밴쿠버 총영사관에 들렀습니다. 담당 영사의 말이 "여권 연장은 문제없는데 한국에 가서 군대에서 오라고 하면 즉시 가겠다는 사인을 해야 된다."라는 것입니다.

나는 군대를 마치지 않고 한국을 떠났습니다. 군대에 가려고 별의별 수단을 썼으나 신체검사에 불합격이었습니다. 할 수 없이 당시 중앙정보부에 근무하던 내 고등학교, 대학 동기 동창이 자기가 해결해주겠다고 자원하고 나서길래 그의 힘으로 겨우 빠져 나왔습니다. (그 친구는 월급도 많고 안정적인 직장이었으나 양심 있는 사람은 '이런 데 근무할 곳이 못 된다'면서 자진 사퇴를 하고 떠났습니다.)

나는 영사의 요청에 사인하기를 거부하고 나와 버렸습니다. 우는 아이는 물론 웃던 어른도 뚝 그친다는 그 무서운 박정희 시절이 아닙니까? 나는 속으로 덜컥 겁이 나서 집에 돌아오자마자 아무데나 밥을 먹을 수 있는 데면 취직을 해야겠다 싶어 사방에 원서를 냈습니다.

이렇게 해서 걸려든 것이 브리티쉬 컬럼비아주 내륙 깊숙이, 인구 2만 명의 도시에 있는 노트르담(Notre Dame)대학교였습니다. 그 대학은 그림 같은 풍광을 자랑하는 호숫가에 자리잡은 학교이나 너무 벽지라 근무하기 시작한 날부터 그 대학에서 벗어나기로 마음먹었습니다. 한국에 잡혀가지 않으려면 캐나다 시민권을 받아야겠다 싶어 부랴부랴 시민권을 신청했습니다. 내가 오늘 캐나다 시민이 될 것이니 와서 축하해 달라며 그 대학 수학과 교수 F를 꼬드겨 함께 시험장에 갔습니다. 운전면허를 받을 때처럼 〈문제집〉이 있는데 그것만 읽으면 되는 것으로 알고 있었습니다. 〈문제집〉에는 '캐나다의 수도는?' '캐나다는 몇 주로 구성되어 있나?' 등 〈문제집〉을 읽지 않아도 다 아는 것들입니다.

나의 시험관 판사는 은퇴가 가까워 오는 나이가 지긋한 사람이었습니다. 내 차례가 되어 앞으로 나갔지요. 판사는 한참 서류를 뒤적이더니 "직업이 뭐냐?" 하고 퉁명스럽게 묻기에 "대학 선생"이라고 대답했더니 뭐가 못마땅한 표정으로 "어느 대학이냐?"고 묻기에 "노트르담대학교 사범대학"이라고 했더니 뭐가 못마땅하다는 표정으로 얼굴까지 찡그리더니 "너같이 고등교육을 받은 사람은 다른 사람보다 좀 더 높은 기준을 요구해도 괜찮겠느냐?"고 물었습니다. 자기가 그렇게 하겠다는데 내가 뭐라고 하겠습니까? "괜찮다."고 대답하는 수밖에 없었지요. 그러더니 질문 하나 하겠다면서 굉장히 어려운 질문, 즉 캐나다 건국에 대해서 묻는 것 같은데 뭘 물었는지 재생도 못할 만큼 어려워서 나는 "모르겠다"고 대답했습니다. 그 다음으로 이어지는 질문들이 가관이었습니다. "뉴펀랜드주(New Foundland)는 뭣으로 유명하냐?"는 것이었습니다. 중학교 지리 시간에 세계 삼대어장(뉴펀들랜드 근해, 라브라도 근해)에 대해서 배운 생각이 나서 '물고기'라고 소리를 질렀습니다. 소리를 지른 것을 보면 그때 내가 무척 긴장했던 모양입니다. 판사는 한 가지 더 있다는 것입니다. 나는 '지능'이라고 대답할까 하는 생각도 들었습니다. 그러나 이런 데서 농담하다 쫓겨나면 큰일난다 싶어 "모르겠다"고 대답했습니다. 판사의 말이 '산림'이라더군요. 다음에는 "퀸 샬렛 아일랜드에는 무엇이 유명하냐?"는 질문이었습니다. 앞으로 은퇴하면 이 판사는 관광회사 안내원으로 일할 계획인지 이런 질문만 해댔습니다. 나는 "감자"라고 외쳤더니 판사는 유명한 것을 하나 더 요구했습니다. 몰라서 주저주저하고 있으려니 '여자'가 정답이라고 알려주었습니다. "세상에 이런 미친놈이 있나. 이런 녀석이 시험관이라고…?" 속으로 욕이 튀어나왔습니다. 이렇게 몇몇 '유명 시리즈'를 거쳐 나는 다음에 다시 오라는 낙방 통지를 받고 말았습니다.

그렇게 1차 시험은 비극으로 끝나고 2차 시험에 응시하게 되었습니다. 사람들 말이 그 판사는 캐나다 역사에는 자기가 제일 권위 있다고 생각한다는 말을 전해 들었습니다. 그래서 나는 캐나다 역사를 파고들었습니다. 그때는 내 정신력이나 기억력이 펄펄 날던 시절, 그까짓 시골 판사 녀석한테 이런 모욕을 당하랴 싶어서 열심히 준비했습니다. 재시험 첫 질문은 미국독립전쟁에서 미국 왕당파가 패배하여 캐나다를 대거 망명할 때의 문제였습니다.

"17××년(잊어 버렸습니다.) 7월 13일 36,526명의 왕당파들이 미국에서 온타리오주로 와서…" 내가 36,526명인지 아닌지 알게 뭡니까? 내 추리는 다음과 같았습니다. 판사가 아무리 권위자라 해도 국경을 넘어온 사람 숫자까지야 알겠는가? 나는 그저 입에서 흘러나오는 숫자를 마구 지껄여댔습니다. 그랬더니 이 판사는 입을 딱 벌린 채 나를 더없이 거룩한 존재로 보더니 "합격" 하는 소리를 내지르지 않겠습니까? 나는 속으로 "네 머리가 판사 해 먹기는 충분하다. 1700년대의 교통수단으로 3만6천이나 되는 망명자들이 절차를 밟아 하루에 캐나다에 입국할 수 있는지 여부만 생각해도 내 대답에 문제가 있다는 것은 알 수 있을 텐데 거기까지는 미치지 못하는구나." 나는 속으로 "야, 네가 아무리 역사에는 권위라고 까불어도 한국에서 오신 이동렬 박사님을 따르기는 멀었다." 하는 비웃음이 나와 속으로 낄낄대고 웃었습니다.

요새 세상 풍조에 비추어 말한다면 이 판사는 분명 인종차별로 고발당하고도 남을 사람입니다. 이 판사야말로 다른 종족에 대한 편견과 차별 행동을 보였습니다. 편견은 머릿속에 있는 생각을 말하는 것이고 차별은 행동을 말하는 것입니다. "직업이 뭐냐길래" 내가 "사범대학 선생"이라고 했을 때 그는 얼굴을 찡그리며 "네까짓 게 감히 우리나라 선생님들을 양성한다고?" 하는 표정이 역력했습니다. "너 같은 고등교육을 받은 사람에게 다른 사람과는 다른 기준을 적용해도 되느냐?"고 묻는 것은 법규에도 없는 제멋대로 심사기준을 세웠습니다. "뉴펀랜드와 퀸샬렛 아일랜드에 뭐가 유명한가?" 하는 질문에 대한 정답이 '산림'과 '여자'라는 말에는 실소와 분노를 금치 못할 엉터리 질문이었습니다.

이 판사는 외딴 도시 넬슨 구석에서 '내가 이래 뵈도 역사에는 권위' 하는 자신감만 키웠을 것입니다. 그리고는 50년 세월이 흘러갔습니다. 시골 판사를 골려 먹던 그 청춘도, 그 자랑스럽던 내 기억력도 이제는 다 허물어지고 이제는 꾀죄죄한 첨지가 되었습니다. 캐나다 생활을 돌이켜 볼 때면 그 시민권 시험을 주관하던 그 판사도 가끔 생각납니다.

(2020. 11.)

대학생 J

한국 E여대에 가 있을 때였습니다. 성탄절이 가까워오는 계절, 창밖은 이미 어둠이 깔리기 시작하는 오후 4시 아니면 5시쯤이었지 싶습니다. 혼자 연구실에 남아 서류정리를 하고 있는데 갑자기 방문을 노크하는 방문객이 하나 있었습니다. 문을 열고 보니 학부 학생으로 보이는 학생 하나가 문을 밀고 들어서서는 아무 주저 없이 의자를 하나 끌어당겨 털썩 앉더니 다짜고짜로 장학금을 신청하려는데 추천서를 써 달라는 요청이었습니다.

한 번도 본 적이 없는 낯선 학생이었습니다. 이 글에서는 편의상 J라 하겠습니다. 내가 너를 전연 알지 못하는데 어떻게 추천하느냐, 또 그리고 언제까지 추천서를 써야 하느냐고 물었더니 J의 대답이 지금 당장 써줄 수 있으면 제일 좋고 아니면 내일 아침 10시까지라고 대답하는 게 아닙니까. 나는 "지금 타이핑할 조교 모두 퇴근했고 내일 10시까지 내야 한다니 이렇게 독촉하는 법이 어디

있느냐?"며 나무라는 말투로 말했더니 J는 갑자기 눈물을 펑펑 쏟으며 흐느끼다가 나중에는 마구 큰 소리로 우는 게 아닙니까. '이거 큰일 났다.' 싶어 나는 음산한 초겨울 날인데도 얼른 일어나서 사무실(북미에서는 사무실, 한국에서는 거창하게 연구실이라고 합니다.) 문을 활짝 열어젖혔습니다. 만약 문을 열지 않았다가는 모두 다 퇴근한 텅 빈 복도에 여인의 흐느껴 우는 소리가 나면 이 광경을 목격한 사람의 추리 결과가 어떻게 되겠습니까. 또 내가 뭐가 되겠습니까? 나는 일부러 목소리 볼륨을 필요 이상 크게 높여서 "이렇게 급한 부탁을 해 오는 법이 어디 있느냐?"고 야단을 쳤습니다. 엘리베이터로 6층에 내린 사람도 내리자마자 내 목소리를 들을 수 있도록 큰 소리로-.

나는 이 일이 있은 후 다른 원로교수에게 그 이야기를 했더니 그 교수의 말이 J가 자기 학년에서 공부로 이름을 날리는 학생이랍니다. 이름을 날리고 아니고는 내가 상관할 일이 아니지요. 학교에서는 우등생, 사회에서는 열등생이란 말이 떠올랐습니다. 속으로는 어떤 사내가 J를 덥석 물었다가는 그 녀석도 평생 '사모님 비위 맞추느라 고생 좀 할끼다'는 비웃음이 나왔습니다.

한국에서 길에 나서보면 학생 J를 닮은 사람들이 너무나 많은 것 같습니다. 이 성급함은 학문 세계에도 어느 정도 퍼져 있다고 해도 과언이 아니지요. 연구기관에서, 대학에 연구하라는 연구비 지원에도 나타납니다. 연구란 아무리 물적, 재정적, 인적 자원이 풍부하다 해도 연구 계획서에 따라 자료를 수집하고 분석하여 보고서를 쓰기까지는 아무리 빨라도 1, 2년 정도의 시간이 걸리는 것입니다. 그러나 내가 E대학에 있을 때만 해도 연구비를 지원하고 자료를 수집하고 있는 중에 벌써 보고서를 내라는 독촉이 옵니다. 그래서 나는 엉터리 보고서를 조작한 적도 몇 번 있었습니다. 그때 나는 한국에서는 '양심적인 연구는 멀었구나' 혼자 결론짓고 말았습니다. 이 경우에는 제도가 부정직을 배양하고 있다고 말할 수 있습니다.

우리의 성급함이 문제를 일으킬 경우가 많지마는 반드시 그런 것만은 아닌 것 같습니다. 성급한 기질이 '욱' 하는 충동성과 만나는 날이면 엄청난 에너지를 뿜어내는 법. 좀 지나친 논리의 비약인지는 모르지마는 소위 '한강의 기적'이라 불리던 경제 발전도 이 '욱'하는 성급성이 충동성과 결합되었을 때의 힘의 여파가 아닌가 하는 생각이 들 때도 있습니다.

나도 알고 보면 J 못지않게 성질이 대단히 급한 사람입니다. 나는 시골구석에서 자란 놈이라 모든 것이 남들에 비해서 느릿느릿, 나쁘게 말하면 느려 빠지지만 좋게 말하면 여유만만입니다. 모든 일에 성급하고, 조바심을 내고, 마음을 졸이는 면이 있으나 남들은 여유만만으로 봐 주는 것 같습니다.

젊었을 때는 그 급하고 불같던 성질은 이제 많이 줄어들었습니다. 나보다 천성이 더 너그럽고 여유로운 아내 미석도 "요새는 이동렬이와 사는 맛이 난다."고 할 정도로 내가 느긋해졌다고 합니다.

성탄절이 가까워오니 J는 지금 어디서 무엇을 하는지 궁금한 생각이 듭니다. 나이를 대충 꼽아보니 J가 올해도 못 돼도 서른여덟 살은 되었을 나이겠는데요.

(2020. 12)

육사 그리고 '청록파'

1999년 가을, 한국 E여자대학에서 나를 정교수로 데려가겠다고 했을 때 나는 겉으로는 무심한 척, '나 같은 사람은 E대학에서 데려가는 것은 E대학의 영광이다.' 겉으로는 거드름에 가까운 태연함을 유지하려고 애썼습니다. 그러나 속으로는 기분이 너무 좋아서 깡충깡충 뛰고, 훨훨 날아다니는 심정이었습니다.

E대학에 연구실을 배정받은 지 열흘이 못 돼서 옛날 학창 시절, 같은 서예의 도장, 같은 스승 밑에서 붓을 잡던 동문 서예가요 한문 교수로 있는 H로부터 전화가 왔습니다. 경북 안동 도산 원천리에 여명기의 저항 시인 육사(陸史) 이원록의 문학관을 짓고 있는데 거기에 육사의 대표작 〈광야〉를 내가 붓글씨로 써주면 문학관을 추진하는 사람들이 각(刻)을 준비하겠다는 것이었습니다. 나는 너무나 놀랍고 이렇게 덩치 큰 부탁이 어떻게 나한테 굴러왔는가 궁금한 생각이 들었습니다. 너무 머뭇거리다가는 그 특권이 다른 서

예가에게로 갈까봐 '그렇겠노라'고 상대방이 부탁하는 말을 채 끝내기도 전에 대답을 해버렸습니다. 그리고는 그해 연말까지 온 정신을 모아 〈광야〉 준비에 바쁜 나날을 보냈습니다.

육사는 나의 숙항(叔行: 아저씨뻘이 되는 항렬)이 됩니다. 내가 쓴 〈광야〉 글씨는 처음에는 문학관 안에 있는 육사의 흉상 바로 옆에 있었는데 요새는 다른 자리에 옮겨져 있더군요. 〈광야〉의 전문은 다음과 같습니다.

> 까마득한 날에/ 하늘이 처음 열리고/ 어디 닭 우는 소리 들렸으랴/ 모든 산맥들이 바다를 연모해 휘날릴 때도/ 차마 이곳을 범하진 못 하였으리라./ 끊임없는 광음을/ 부지런한 계절이 피어선 지고/ 큰 강물이 비로소 길을 열었다/ 지금 눈 내리고/ 매화 향기 홀로 아득하니/ 내 여기 가난한 노래의 씨를 뿌려라/ 다시 천고의 뒤에 /백마 타고 오는 초인이 있어/ 이 광야에서/ 목 놓아 부르게 하리라

그러나 이 시를 쓰고 싶은 서예가들이 너무나 많은 것을 고려해서 낙관에 이동렬이 썼다는 것을 밝히지 않고 그냥 내 이름과 호가 적힌 도서(圖署: 도장)만 크게 각(刻)을 해두었습니다. 마음에 들지는 않았으나 애당초 나를 소개한 서예가 H의 체면도 생각해서 가만히 있을 수밖에 없었습니다. 이게 다 무명의 설움이라는 게 아니겠습니까.

육사가 태어나서 자란 마을 원천은 한적하고 쓸쓸한 동네입니다. 도시에서 살던 사람들은 '원천같이 아무것도 볼 것 없는 동네에서 육사 같은 장한 시인이 어떻게 태어났느냐'고 놀라는 사람들이 간혹 있습니다. '청록파' 시인 조지훈이 태어난 경북 영양의 주실 동네나 박목월이 태어난 경남 고성을 보십시오. 둘 다 볼 것이라고는 별것이 없는 동네가 아닙니까? 마치 중국의 문장가 구양수가 '시인은 모든 것이 궁핍해야 시를 잘 쓸 수 있다(詩窮而後工)'는 말을 한 것처럼 내게 시인은 살림만 가난한 게 아니라 그들이 태어난 동네도 하나같이 하잘것없어 보이는 동네여야 한다는 말로 들립니다.

나는 과거 우리나라 대통령들은 큰 도시보다는 형편없는 시골에서 태어난 사람들이 더 많다는 사실을 왜 모르느냐고, 볼 것 없는 동네라고 무시했다가는 큰코다칠 줄 알라고 으름장을 놓습니다. 우선 문재인이나 이명박, 박정희, 노무현, 전두환이나 김대중, 김영삼, 이승만 같은 '큰' 인물이 태어난 곳을 보십시오. 번화한 도시에서 태어난 인물은 없지 않습니까? 그들은 모두가 흉악한 촌놈들입니다.

대통령은 그렇고, 나는 '청록파' 시인 세 사람 중에서 조지훈을 특히 좋아합니다. 그의 시에는 조선의 전통문화를 소재로 삼은 민족 정서가 있는 것 같습니다. ≪청록집≫에 기고를 한 김기준에 의하면 민족적 정서 말고도 지훈은 절제된 율격미 속에 자연미와 불교적인 선취미를 담아냈다고 주장합니다. 박목월은 어떤가요. 그는 향토성이 짙은 토속어를 구가하면서 간결하고 선명한 이미지로 서정적 자아와 애틋한 내면을 노래한 점에서 그의 시 특징을 보인다는 평을 받습니다. 이에 비해 박두진은 기독교적 세계관에서 산문적인 문체로 자연과 인간의 조화를 노래하였습니다. ≪청록집≫의 세 시인 모두 정지용의 추천으로 『문장』지를 통해 등단했다는 점이 재미있습니다. 일제의 탄압으로 『문장』지가 폐간되는 불운을 겪다가 해방이 되면서 햇빛을 보게 되는데 이것이 바로 〈청록집〉입니다. 이 시집 출간 후 이 세 시인들은 '청록파' 시인으로 불리게 되지요. 물론 청록파의 '청록'이라는 말은 박목월의 〈청노루〉에서 따른 것입니다. 안동에서 중학교에 다닐 때 1학년 국어책 맨 첫 페이지에 나오는 '머언 산 청운사 낡은 기와집 산은 자하산 봄눈 녹으면…'으로 시작되는 목월의 시를 배우던 생각이 납니다.

김기중의 말처럼 ≪청록집≫은 해방 직후의 이념적 혼란 속에서도 생명 감각과 순수 서정을 탐구한 서정시의 중요한 질적 성취로 손꼽힌다고 볼 수 있습니다. 해방 이전의 순수시와 전후 서정시를 잇는 중요한 연결고리로서의 역할을 잘 수행했다는 점에서 그 문화사적 가치도 크다고 볼 수 있지요.

육사는 몰려오는 우수와 고독을 뼈저리게 느꼈겠지마는 끓어오르는 분노와 저항에는 이기지 못하고 분노에 찬 펜을 들고 말았습니다. 육사의 시 밑바닥은 어디까지나 저항입니다.

청록파의 지훈이나 목월, 두진은 순수하고 애틋한 시정(詩情)으로 가없는 이 산하를 누비며 서정의 정한(情恨)을 뿌려야 했습니다. 그 어느 것이나 읽는 우리로서는 감명과 산뜻한 서정을 다시 맛보게 합니다.

오늘은 아침부터 무슨 생각이 일었던지 서실에 들어가 서가를 훑어보던 중 우연히 한국에서 출판사를 하던 친구 C가 보내준 ≪청록집≫을 빼서 읽다가 감상에 젖어 이 글을 쓰기까지 이르렀습니다.

(2021. 1.)

추억의 사인(sign)지

내가 한국 E여대에 가 있을 때였습니다. 안동에서 중학교를 다닐 때 같은 반에 있던 권수명이를 E여대 후문 근처 어느 음식점에서 만났습니다. 수명이가 노인이 된 것을 보니 퍽 놀라웠습니다. 물론 나 자신도 노인이 된 것은 생각지도 않고 말입니다. 나는 E여대에 있는 동안 수명이와 가끔 만나 고향 안동 이야기도 하고, 함께 학교에 다니던 동무들 이야기도 많이 했습니다.

이런 얘기, 저런 얘기 끝에 우리가 중학교를 졸업할 때 사인지 돌리던 얘기가 나왔습니다. 사인지 돌린다는 것은 동창생들이 이제 졸업하면 사방으로 흩어질 텐데 헤어짐을 섭섭해하며 노트북만 한 크기의 흰 종이를 듬뿍 사서 학우들에게 한 장씩 돌립니다. 그 종이를 받은 아이들은 사인지를 준 아이에게 기념될 말 몇 마디를 적어서 되돌려주는 것이지요. 어떤 녀석은 자기와 가까운 동무 몇 몇한테만 사인지를 돌리는가 하면 또 어떤 녀석은 친하든 친하지 않든 한 해 동안 말 한 번 안 해본 학우들한테도 돌리는 녀석들도 있습니다. 나도 남들이 다 하니까 사인지를 돌렸는데 몇 장을 돌렸는지 기억도 나질 않고 지금은 돌아온 사인지는 한 장도 가지고 있질 않습니다. 수명이 말로는 자기는 아직도 되돌려 받은 사인지는 전부 다 보관하고 있다네요. 그 후 몇 주가 지났습니다. 수명이가 그가 받은 사인지를 아담한 책으로 엮어서 갖고 나왔습니다. 그 사인지를 보는 순간 나는 눈물이 왈칵 쏟아지려는 듯 반가웠습니다. 나는 50년 전으로 되돌아갔습니다. 수명이의 사인지에 써 논 글들은 너무나 청순하고 한가로우며 심각한 내용이나 전혀 심각하지 않고, 장난기 가득한, 그때 우리가 벌써 이런 말을 할 수 있었나 싶은 것들이었습니다.

내가 수명이한테 써준 사인도 있었습니다. 그러나 무슨 말을 썼는지 나도 이해가 잘 가지 않아 한참 웃었습니다. 내용도 별로 없는 것을 내 깐에는 어렵게 쓰다 보니 이런 문장이 되고 말았겠지요. '너는 무엇인지를 아는지 모르는지? 이것이야말로 우리 인간의 본성인 것이다.'라고 적고 한구석에는 'To know is might, Bacon'이라고 적어놨습니다. 뭘 두고 '아는지 모르는지'란 말입니까? '이것이야말로'로 시작되는 이것이란 도대체 무엇을 두고 하는 말인지요? 아무리 중학교 3학년 때에 썼다는 사인지라 하더라도 말도 안 되는 말을 적어놨으니 50년이 지난 오늘에 읽는다 해서 더 낫게 보일 리가 있겠습니까? 60~70년 전의 그리움도 오늘의 부끄러움이 된 것뿐입니다.

나뿐 아니라 다른 아이들도 의미 없는 말 적기는 나와 별 차이 없었습니다. 가장 많이 나온 말은 '큰 성공을 거두라'는 훈계였습니다. 몇 녀석이 적은 것을 볼까요.

"벗이여, 풍파 많은 세상을 길조심하며 성공의 금자탑을 쌓을 때까지 일로 매진하기를. (Y)"

"군은 원대한 포부와 희망을 안고 부디 성공하여라. (B)"

"학우 권 장군이시여, 기울어져 가는 이 나라를 바로 잡아 성공해서 국회석상에서 다시 만날 때까지. (K)"

바야흐로 사춘기 시절, 싹트기 시작한 이성(異性)에 대한 호기심과 관심은 그 절정에 이르렀다는 것을 실감할 수 있었습니다.

"으스름 달 속에 졸업을 슬퍼하는 귀여운 여학생, 그는 수명이의 사랑하는 애인 ××였던 것이다. (K)"

"수명아 이놈아 장가 가거든 ×를 너무 하지 말아라. 이 소리하고 보니 내 P가 또 서는구려. (K)."

"오 벗이여 부디 좋은 마누라 만나서 수박 같은 아들 낳고 탱자 같은 딸 낳아서 내 아들과 교환하자. (K)"

또 어떤 녀석은 〈채근담〉이나 〈명심보감〉 구절을 그대로 옮겨 놓은 듯한 도덕적이고 점잖게 들리는 말을 적은 아이도 있었습니다.

"유수 같은 세월은 늘 재촉하고 저 적막한 공동묘지는 너를 기다린다. 짧은 인생 값지게 살자. (K)" "죄 많은 세상에 물들지 말고 오직 너의 깨끗한 마음 그대로 지키어 나가라. (K)" "아름다운 장미는 가시가 있고 사랑에는 눈물이 많다. (P)"

사인지를 돌리던 아이들은 이제 모두 80을 넘은 노인들입니다.

"청춘소년들아 백발 노옹 웃지마라/ 공평한 하늘 아래 넨들 얼마 젊었으랴/ 우리도 소년 행락이 어제런 듯 하여라."

지은이가 누구인지도 모르는 이 시조 한 수가 이토록 가슴에 와 닿을 수가 있겠습니까.

맹호처럼 부르짖던 성공, 성공은 이제 사방으로 떠나니던 민들레 꽃씨마냥 모두 어딘가에 가라앉았습니다. 한 가지 후회가 있다면 그처럼 성공, 성공만 애절하게 부르짖지 말고 행복 행복을 부르짖었다면 좀 더 여유 있는 노인들이 되었을는지 아닌가 하는 생각도 들었습니다. 아무튼 우리는 이제 돌아갈 수 없는 80고지를 넘어

섰습니다. 이럴 땐 지금부터 88년 전 노산 이은상이 〈동아일보〉에 발표한 〈가고파〉의 다음 구절이 옛 친구처럼 우리에게 다가옵니다.

처자들 어미 되고 동자들 아비된 사이
인생의 가는 길이 나뉘어 이렇구나
잃어진 내 기쁨의 길이 아까와라 아까와

이제는 '처자들 어미 되고 동자들 애비 된 사이'의 '어미와 애비'도 '할매와 할배'로 고쳐 넣어야겠습니다.

(2020. 12)

감동(感動)

서신혜가 쓴 ≪열정≫이라는 책에는 조선전기의 재상 상진(尙震)의 이야기가 나옵니다. 상진은 세 번이나 재상을 하였지마는 항상 자기는 시골 출신이라며 가장 낮은 자리에서 자신을 소개하였습니다. 상진의 유명한 일화로는 벼슬을 살기 전에 농부가 소 두 마리로 밭을 가는 것을 보고 큰 소리로 "어느 소가 더 나은가?"를 물었다가 "미물이라도 자신이 못하다는 소리를 들으면 기분이 나쁠 게 아니오." 하는 말을 귀에 대고 속삭이는 농부에게 큰 깨우침을 얻었다 합니다. 그는 이 경험을 평생 잊지 않은 채 말조심을 하고 사람들에게 공손하게 대하였답니다. 나는 초등학교 국어 시간에 황희 정승의 일화로 배웠는데 서신혜는 이것이 잘못된 것이라 합니다.

서신혜에 따르면 상진은 늘 거문고를 옆에 두고 살았다 합니다. 통소나 거문고 같은 악기는 사람을 감동 시킬 수 있는 것들입니다.

감동을 공감을 전제합니다. 공감 없는 감동은 없습니다. 내가 음악은 사람 마음을 감동 시킬 수 있다고 하였는데 음악만이 감동을 시키는 것은 아닙니다. 감동을 시나 소설 같은 문학작품에서도, 아름다운 자연 경치에서도, 한 폭의 미술품에서도 감동을 받을 수 있습니다. 감동은 인간이 생활하는 모든 국면, 언제 어디서나 받을 수 있는 것입니다.

나는 그랜드캐니언을 처음 보았을 때의 감동은 아직도 내 가슴 속에 살아 있습니다. 캐나다의 로키도 마찬가지입니다. 반 고흐의 '별이 총총한 밤에(Starry Night)'를 처음 마주 대했을 때도 잊지 못할 감격이었습니다. 유학을 떠나는 날, 김포공항에서 난생처음 타 보는 집채만 한 비행기가 '우르릉' 하며 활주로를 미끄러져 이륙하는 순간, 그때의 감격은 잊으려 해도 잊을 수가 없습니다. 이들이 내 생애의 가장 뚜렷하게 생각나는 감동의 순간인 것 같습니다.

나는 이들의 순간에 내가 시인이 못 된다는 사실을 무척 부끄럽게 생각했습니다. 그러나 그것도 2번, 3번 가보니 감동의 강도도 점점 줄어드는 것은 어찌할 수 없었습니다. 한번은 한국의 유명한 소리꾼 장사익이 와서 청중 자격으로 갔습니다. 발 디딜 틈도 없는 만장(滿場)의 공연장에서 그가 울부짖는 〈봄날은 간다〉에 저절로 눈물이 핑 돌았습니다. 내가 울어야겠다던가 울고 싶어서 운 것은 아닙니다. 나도 모르게 눈물이 고이는 것을 어찌합니까.

비뚤어진 심성을 가진 사람들이 곱고 부드러운 마음씨를 경험하게 하는 데는 음악이 다른 어느 것보다도 쉬운 것 같습니다. 벽초(碧初) 홍명희가 쓴 ≪임꺽정≫전에 나오는 종실 단천수 이야기를 기억하실 것입니다. 피리의 명인 단천수가 개성 청석령을 지나가다가 임꺽정 무리에 잡혔습니다. 도둑들은 별로 뺏을 물건도 없는 단천수에게 노래나 한 곡 불러보라고 했습니다. 단천수가 피리 몇 곡을 불자 도적들은 고향 생각, 두고 온 처자식 생각에 눈물을 찔금거리는 자도 있어서 수령 임꺽정은 급히 피리를 중단시키고 '저 피리 부는 단천수는 보내주는 게 좋겠다.'고 하여 안전한 곳까지 호위 안내도 해주었답니다.

꼭 마음씨가 고약한 사람만 음악에 감동을 받는다는 것은 아닙니다. 서신혜는 온 마을 사람들을 감동시킨 한아(韓娥)의 얘기도 했습니다. 한아는 추레한 행색으로 노래하며 밥을 빌어먹으며 살았습니다. 한번은 한아가 어느 여관에 갔더니 여관 주인이 "그 더러운 행색으로 어디를 들어왔느냐?"고 모욕을 주길래 한아는 화를 내는 대신 목소리를 길게 빼서 노래 한 곡을 불렀답니다. 그 소리를 들은 마을 사람들은 왠지 온 몸에 기운이 빠져 밥맛을 잃었답니다. 사흘이 지나도 달라지지 않기에 안 되겠다 싶어 그를 데려다가 사과하고 이번에는 신나는 곡으로 노래를 부탁했답니다. 그가 노래를 부르자 온 마을 사람들이 기뻐서 어깨가 들썩이고 낄낄거리며 웃게 되었답니다. 한아의 노래는 이성이 아닌 감성의 깊은 부분을 자극한 것 같습니다.

남자는 보이는 것에 약하고 여자는 들리는 것에 약하다고 합니다. 서신혜의 다음과 같은 이야기가 말해 줍니다. 개성 황진이의 어미 현금도 진이 못지않은 미인이었다고 합니다. 그가 18살 때 병부교 근처에서 빨래를 하고 있었습니다. 그때 어떤 사내가 다리 난간에 기대어 빨래하는 현금을 내려다보고 있었답니다. 그 둘의 마음을 결정적으로 이어준 것은 사내가 다리 기둥에 기대어 노래를 부르기 시작한 것. 이로 인하여 함께 이야기가 시작되고 서로 사랑하게 되어 황진이를 갖게 되었답니다.

노래가 주는 감동의 사연은 내가 안동에서 중학교에 다닐 때 국어 시간에 읽은 정비석의 〈애국가의 힘〉이라는 수필에도 나옵니다. 이야기는 이렇습니다. 희미한 내 기억으로는 6·25전쟁 때 어느 마을주민 전부가 피란을 가고 마을은 텅 비어 있었는데 국군 부대가 나타났는데도 사람들이 겁이 나서 모여들지를 않더랍니다. 그래서 애국가를 크게 틀어 놓았더니 하나둘 운동장으로 모여 들더라는 이야기입니다. 내가 중학교를 떠나서는 그 정비석의 글을 다시 본 적이 없으니 어느 정도 정확한 기억인지는 모르겠습니다. 그러나 노래는 이처럼 사람 마음을 움직일 때가 있습니다. 감동을 받는 순간입니다.

(2020. 12.)

무릉도원

동쪽 울타리 아래서 국화를 따다

유유히 남산을 바라보니

산 경치 해 질 녘이라 아름답고

날아다니던 새는 짝지어 돌아간다

採菊東籬下 悠然見南山　山氣日多佳 飛鳥相與還

귀거래사를 읊조리며 고향으로 돌아온 중국 동진의 시인 도연명이 〈술을 마시다〉라는 제목으로 지은 다섯 번째의 시(詩)입니다. 위에 인용한 것은 시의 시작이 아니라 시의 중간부터 4줄만 따온 것이지요. 그로부터 10여 년을 고향 산수에 발 담그며 살면서 인생의 참뜻을 깨닫게 된 쉰세 살의 도연명이 내놓은 이 작품은 그의 평생 지은 120여 편 시를 통틀어 가장 많이 애송되는 구절입니다. 그가 남긴 시 대부분은 전원생활의 한적하고 고요함을 노래한 것이었습니다.

도연명은 전원생활의 즐거움을 그린 시 말고도 그가 동경하는 도원경(桃源境: 유토피아)을 그린 〈도화원기(記)〉로도 유명하지요. 이야기는 한 어부와 복숭아꽃으로 시작합니다.

동진 시대 때 무릉에 사는 한 어부가 복숭아꽃이 곱게 떠내려오는 것을 발견하고 시냇물을 따라 올라가 보니 갑자기 복숭아나무로 뒤덮인 숲이 나타났다. 어부는 그 아름다움에 취하여 자신도 모르게 그 숲을 따라 올라갔다. 한참 올라가다 보니 복숭아나무숲이 끝나는 지점에서는 산이 가로막혀 있고 굴이 눈에 띄었다. 어부는 배를 버리고 굴속으로 들어갔다. 굴 입구는 매우 비좁고 어두웠지만 수십 보 걸어 들어가다 보니 갑자기 환해지면서 별천지가 나타났다. 넓은 들, 가지런히 세워진 건물, 논두렁 밭두렁이 보이고 비옥한 전답과 연못, 뽕나무와 대나무가 보기 좋게 어우러져 있었다. 장닭이 울고 삽살개가 꼬리를 흔들며 반기고 있었다. 어쩌면 그렇게도 평화롭고 아름다운 풍경인가. 어부는 자기 눈을 의심하였다. 사람들은 각자 생업에 열중하여 해가 뜨면 밭에 나가 일하고 해가 지면 집에 돌아와 쉬는 요순시대의 태평성대를 누리고 있었다. 그들의 이야기로는 이곳에 사는 주민들의 선조가 진(秦)나라 때 난리를 피하여 이곳에 옮겨왔다는 것이며 그 후 오랫동안 바깥세상과 단절된 채 오늘까지 지내왔다는 것이다. … 어부는 그곳에서 며칠 동안 머무른 후 작별

> 을 고하였다. 어부는 가족들은 데리고 그곳에 와서 살아볼 생각으로 돌아오는 길에 여러 군데에 표시를 해놓았으나 다시는 그곳을 찾을 수가 없었다. 이 어부의 이야기를 듣고 여러 사람들이 그곳을 찾으려 하였으나 모두 실패하였다.

도원경은 아름다운 곳이었으나 두말할 것도 없이 그런 곳은 실제로는 존재하지 않는 곳. 착한 마음을 가진 시인이 어지러운 세상의 괴로움에서 잠시라도 벗어나기 위해 그리워하던 이상향을 붓으로 기술한 것에 지나지 않는 것 같습니다.

우리는 걸핏하면, 예로 아름다운 경치만 보면 '와 무릉도원이다'라는 일곱 글자를 내뱉습니다. 그러니 나는 '무릉도원=빼어난 경치'로 봅니다. 단군 이래 최고의 선비로 불리는 퇴계(退溪) 이황도 그의 〈도산십이곡〉에서 청량산의 빼어난 경치를 두고 "도화(桃花)야 떠지지 마라 어주자(낚시꾼) 알까 하노라"고 읊었고, 퇴계와 쌍벽을 이루고 퇴계의 동갑내기 학자, 지리산 산천재(山天齋)의 남명(南冥) 조식도 "두류산 양단수를 예듣고 이제 보니/ 도화 뜬 맑은 물에 산영조차 잠겼세라/ 아이야 무릉이 어디메뇨 나는 옌가 하노라" 하여 지리산의 비경을 자랑하였습니다.

퇴계나 남명 말고도 조선의 선비들은 좋은 경치만 보면 조건반사적으로 무릉도원을 그의 시 어느 구석에 끌어다 앉히려고 애를 썼습니다.

내가 태어나서 자란 곳도 봄이면 꽃 피고 새 우는 청량산 자락. 청량산 무릉도원에서 떨어진 복사꽃이 우리 집 앞을 떠내려 갈 법도 하지마는 실제 그런 일은 한 번도 없었습니다. 복사꽃이 떨어져 떠내려온다는 데까지 거슬러 올라가 보면 활짝 핀 얼굴은커녕 삶에, 가난에 찌든 얼굴들만 보였지, 무릉도원에 살고 있는 사람들의 밝은 표정들은 눈에 띄지 않았습니다.

나는 3년 내지 4년마다 한국을 다녀오곤 합니다. 벌써 10번은 넘었지 싶습니다. 갈 때마다 나는 소위 말하는 명승지 한 곳은 보고 오지요. 내가 찾아간 무릉도원 혹은 명승지라 불리는 곳도 자세히 살펴보면 요사이 와서 큰 변화를 겪고 있는 것 같습니다. 내 생각에 가장 큰 변화는 무릉도원 근처에 사는 사람들의 얼굴 표정인 것 같습니다. 내 방문의 초기(1975)에는 삶에, 가난에 지친 표정들이 많이 눈에 뜨였는데 40년 세월이 지난 오늘날 지친 표정들은 밝고 명랑한 표정으로 많이 바뀐 것 같습니다. 무릉도원의 풍광을 통째로 바꾸어 버리는 불도저 개발 패거리들도 지적하고 싶습니다. 이들 불도저 패거리들은 무릉도원이고 아니고를 가리지 않고 단 며칠 사이 무릉도원이나 그 근처를 폐허로 만들어 버립니다.

퇴계가 "도화야 떠지지 마라 어주자 알까 하노라"를 읊조리던 청량산 입구에는 모텔, 노래방, 식당 등 각종 유흥 시설들이 동네를 이루고 있지요. "사람이 승지(勝地)를 모르니 알게 한들 어떻리"로 끝을 맺은 율곡(栗谷) 이이의 고산구곡도 나을 것은 없을 것입니다.

두 무릉도원 승경 모두가 불도저에 할퀴고, 새로운 장식과 분장에 옛날의 분장들은 터를 잃고 말 것 같습니다.

(2020. 9)

영겁에야 청산도 뜬 먼지일 뿐

2021년 초 COVID 19 때문에 문밖에도 나가지 말라는 정부의 간곡한 부탁이 있어서 집에만 틀어박혀 있었습니다. 나중에는 하도 답답, 미칠 것 같아 독방 감옥살이가 이와 무엇이 다를까 하는 생각도 들더군요. 때마침 반갑게도 한국에서 은퇴한 중국문학교수 L로부터 〈한국 한시 감상〉이란 500쪽이 넘는 책이 한 권 왔습니다.

L은 나와 동갑내기. 그의 부인은 내가 6·25 전쟁 전 서울에서 초등학교를 다닐 때 나와 절친하게 지내던 옛 친구의 여동생입니다. L교수의 형은 이북 간 나의 형님 동갑친구로 S대학에서 물리학을 전공했는데 우리나라에 처음으로 컴퓨터를 도입한 사람으로 우리 종가로 장가를 왔으니 도저히 그를 괄시해서는 안 될 사람이지요.

L이 보내준 책을 뒤적이다 보니 내가 존경하는 선비요, 조선의 천재로 알려진 읍취헌(挹翠軒) 박은의 시 〈복령사〉가 눈에 띄였습

니다. 맨 마지막 구절 "만사야 한바탕 웃음거리지/ 영겁에야 청산도 뜬 먼지일 뿐—. (만사불감공일소萬事不堪供一笑 청산열세지부애靑山閱世只浮埃)의 시구는 내가 무척 좋아하고 아끼던 시구(詩句)이지요.

이 시를 지은 읍취헌(挹翠軒) 박은은 성종—연산군 때의 학자로 경북 고령 사람입니다. 어릴 때는 신동으로 이름을 날렸으며 문장에 능(能)하여 대제학 신용개의 인정을 받아 그의 사위가 되었지요. 홍문관 수찬, 경영관을 역임하였으나 유자광의 모함으로 파직, 갑자사화에 걸려들어 사형된 아까운 선비입니다. 23살에 파직, 25살에 그의 아내가 죽고, 26살에 사형당했습니다. 그의 시에는 인생무상을 노래한 것이 많습니다.

그런데 이 칠언절구 싯구를 두고 한문학자들의 번역은 제각기 다 달랐습니다. 1969년 한국고전번역원 김달진의 번역은 '모든 일은 한 번의 웃음에 이바지할 뿐이요/ 푸른 산의 세상을 겪는 것은 다만 뜬 먼지이네'로, 2006년 한국고전 번역원 이상하의 번역은 '만사는 한 번 웃음거리도 못 되는 것/ 청산도 오랜 세월에 먼지만 자욱하구나'로, 1992년 손종섭은 그의 〈옛 시정을 더듬어〉에서 '만사야 한바탕 웃음거리지/ 영겁에야 청산도 뜬 먼지일 뿐'으로. 마지막으로, 2021년 반농(半農) 이장우는 '세상만사가 한바탕 웃음거리가 될 뿐이니/ 푸른 산에서 지난 세월을 둘러보니 다만 뜬 티끌일 뿐'으로 번역하였습니다. 이렇게 시구 하나를 두고도 여러 가지 의

미로 번역될 수 있는 것이 바로 한문(漢文)의 강점도 되고 동시에 약점도 되는 것이라 할 수 있지요.

한문 해석의 모호성을 말할 때 자주 인용되는 것으로 정민 교수의 〈한시 미학 산책〉에는 다음의 이야기가 나옵니다. 간추려 볼까요.

한(漢)나라 원제 때의 궁녀 왕소군은 절세 미녀였다. 원제는 궁녀가 많아 일일이 얼굴을 볼 수 없어서 궁중화공 모연수에게 궁녀들의 얼굴을 그려 바치게 하여 그림을 보고 마음에 드는 궁녀를 골랐다. 궁녀들은 모연수에게 뇌물을 주며 자신의 얼굴을 예쁘게 그려 줄 것을 간청하였다. 그러나 도도했던 왕소군은 모연수에게 뇌물을 바치지 않아 한 번도 임금의 부르심을 받지 못했다.

한번은 흉노의 왕이 한(漢)나라의 미녀로 왕비를 삼을 것을 요청해 왔는데 원제는 궁녀 중에는 못 생긴 왕소군을 흉노에게 보내기로 마음먹었다. 그런데 원제가 오랑캐의 땅 흉노로 떠나려는 왕소군을 보니 어느 누구도 따를 수 없는 빼어난 미녀가 아닌가. 왕소군이 화가인 모연수에게 뇌물을 주지 않아서 그렇게 된 것을 안 원제는 격노하여 모연수를 죽여버렸다. 그녀의 슬픈 이야기에 많은 역대 시인들은 胡地無花草/ 春來不似春(오랑캐 땅이라 화초가 없으니 봄이 와도 봄 같지 않구나) 하며 많은 시상을 낳았다.

조선 때 어느 향시에서 시제(試題)가 호지무화초(胡地無花草) 다섯 글자였습니다. 응시자들은 한결같이 왕소군의 슬픈 신세를 시상(詩想)으로 풀어 제출을 했답니다. 그 중 장원에 뽑힌 어느 선비

의 작품은 왕소군의 슬픈 신세는 말도 않고

> 胡地無花草(오랑캐 땅이라 화초가 없다하나),
>
> 胡地無花草(오랑캐 땅인들 화초가 없을까?).
>
> 胡地無花草(오랑캐 땅이라고 화초가 없으랴만),
>
> 胡地無花草(오랑캐 땅이라 화초가 없도다)

라고만 되풀이해서 4번을 적은 것이었다 합니다. 화초가 '없다 하나' '없을까?' '없으랴만' '없도다' 글자 3개를 놓고 이렇게 풀이를 달리하여 제출한 작품이 장원을 차지한 것이지요.

≪세월에 시절을 더듬어≫를 쓴 손종섭의 말 따라 사람들이 다투어 기억하려는 경인구(驚人句: 사람을 감탄하고 놀라게 할 만큼 빼어나게 잘 된 시구) 한두 줄만 있으면 전편은 저절로 명시 대우를 받게 되는 것입니다. 내 생각에

만사불감공일소 萬事不堪供一笑

청산열세지부애 靑山閱世只浮埃

"만사야 한바탕 웃음거리지/ 영겁에야 청산도 뜬 먼지일 뿐" 하는 구절 또한 사람들 입에 오르내릴 경인구(驚人句)가 되지 싶습니다.

(2021. 3.)

간고등어와 '안동찜닭'

오늘은 내 고향에 얽힌 애기를 좀 해야겠습니다. 내 고향 안동은 두 가지 음식으로 유명하지요. 그 첫째는 요사이 도시 곳곳에서 어렵지 않게 찾아볼 수 있는 '안동 찜닭'이요, 둘째는 안동 간고등어입니다.

'안동 찜닭'은 내가 서울에서 학교를 다닐 때만 해도 어느 구석엘 가도 전연 볼 수는 물론, 들어볼 수도 없었던 음식입니다. 안동엘 가도 '안동 찜닭'이라는 음식은 없었고 지금도 없습니다. 안동에서 600년을 내리 살아온 안동 토종이 이런 말을 할 때는 아무리 중무장을 한 '안동 찜닭' 호위결사대인들 나의 주장에 주춤하지 않고 배기겠습니까? 그러니 맛이 좋든 나쁘든 나는 '이런 가짜 음식은 절대 먹을 수 없다.' 하고 한 번도 먹어보질 않고 오늘에 이르렀습니다.

안동 간고등어는 어떤 것인가요? 말 그대로 고등에 간(소금)을 넣은 것이지요. 안동이란 곳은 한반도의 내륙지방에 있는 마을이라 바다와는 꽤 거리가 있습니다. 가장 가까운 항구 도시가 경북 영덕일 것입니다. 그러니 해물이 상하기 전에 영덕에서 상인들의 보따리에 실려 육로로 청송을 거쳐 안동으로 온 것이니 이미 신선도는 많이 줄어들었을 것이 아니겠습니까. 그런 이유로 안동은 생선 같은 해물과는 접촉이 많지 않습니다.

우리가 아는 생선이란 그저 문어, 대구, 고등어, 꽁치, 갈치, 멸치 정도일 것입니다. 안동 사람들에게는 문어가 놀라울 정도로 인기가 있지요. 나는 보통 때는 곰처럼 느려빠진 놈입니다. 그러나 귀한 손님이 우리 집에 와서 식사하고 상을 물릴 때는 나는 재빠른 하이에나가 됩니다. 손님이 식사를 끝낼 즈음이면 손님 거동을 슬금슬금 보고 있다가 잽싸게 퇴상을 하는 기회를 봐서 손님이 남겨 놓은 문어 요리를 휘딱 먹어 치워버립니다. 경상북도 대표 선수로 뽑힐 만큼 날래지요.

"내 고향 칠월은 청포도가 익어가는 시절…"로 유명한 민족의 저항 시인 육사(陸史) 이원록은 원천(遠川)이라는 마을에서 태어났습니다. 우리 집 뒷산을 넘어 낙동강만 건너면 됩니다. 30분이 채 못 되는 거리입니다. 육사가 원천을 꽤 유명한 마을로 알렸지만 조선 때 형조판서를 지낸 원천대감 이효순(李孝淳)은 육사가 태어나기 전에 이 마을의 존재를 알린 사람입니다.

≪천년의 선비를 찾아≫라는 책을 쓴 영천 이씨 종손 L에 따르

면 조선 후기 영남 남인 중에서 대감을 지낸 사람은 원천의 이효순(병조), 하회의 유상조(9병조), 의성의 이희발(형조), 성주의 이원로(공조), 상주의 유후조(공조) 이렇게 모두 다섯이라고 합니다. L에 의하면 이 다섯도 당시 집권 세력인 노론의 배려였다고 하네요.

이 중에 원천의 이 대감은 가난으로 더 유명했습니다. L의 책에는 다음과 같은 일화가 있습니다. 이 대감(판서는 대감으로, 참판은 영감으로 불린다지요.)이 과거(科擧)에 급제하기 전 과거시험을 위해 시집간 누이에게 여비를 빌리러 갔답니다. 누이는 엄청난 굴욕을 감수하고 시어머니에게 돈을 좀 빌려달라고 했답니다. "동생이 급제하면 곧 갚겠다."고 했다지요. 시어머니는 이것을 비웃으며 빌려달라는 돈은 안 주면서 "밭골을 빌려 줄까, 논골을 빌려 줄까." 조롱했다지요. 이후 동생은 덜컥 과거에 급제했고 영해 부사가 되어 고기를 소달구지에 가득 싣고 누나에게 왔답니다. 고기를 본 시어머니가 탐을 내자 누이 "이건 논골 몫이고 저건 밭골 몫입니다." 하여 지난날의 야속함을 비웃었다 합니다.

안동 간고등어는 원천 이 대감의 가난을 말하는 것이었습니다. 간고등어밖에 먹을 수 없는 가난, 간고등어는 먹을 수 있는 여유가 안동에는 있습니다. 제삿날이 다가오면 어른들은 "고등어 한 마리는 놓고 제사를 지내야지." 했답니다. 가난은 이 대감 집만의 문제가 아닙니다. 원천, 도산, 예안이 다 가난했지요. 이 가난 속에서 간고등어는 구세(救世)의 생선이요, 안동 자존심의 횃불이었지요.

이 가난 속에서도 학문에 대한 열정은 식지 않았습니다. 최근까지도 "朝鮮人才半在嶺南이요 嶺南人才半在安東(善山)(조선 인재의 반은 영남에서 나오고 영남 인재의 반은 안동 혹은 선산에서 나온다.)"는 우스갯소리를 들어볼 수 있었습니다. 그러나 선산엘 가면 "영남 인재의 반은 선산에서 나온다."고 합니다. 선산도 그리 만만치는 않습니다. 안동은 퇴계 이황을 중심으로 유성룡, 김성일 같은 뛰어난 인사들로 전방배치를, 선산은 길재, 김숙자, 김종직 같은 영남학파의 거두들을 전방 배치했습니다. 안동에서는 무슨 장관이나 고관직보다는 책, 문집(文集)을 몇 권 내놓은 것을 훨씬 더 명예롭게 여긴다고 합니다. 나는 이 말을 안동 사람들이 학문을 이렇게 귀중한 것으로 여긴다는 사실을 은근히 자랑하는 것으로 해석합니다. 그러나 나는 이 말, 즉 벼슬보다는 학문을 더 영예로 생각한다는 말에 큰 의문표를 달고 있습니다. 안동엘 가면 우리 몇 대 할배가 능참봉을 했다고 앉자마자 자랑하는 것을 볼 수가 있습니다. 능참봉이라는 벼슬을 그렇게 자랑스럽다는 생각을 하지 않고서야 어찌 이런 것을 자랑이라고 하겠습니까?

안동의 간고등어도 이제 세월이 가서 그 옛날 맛을 잃어버린 것 같습니다. 간(소금)이 너무 많이 혹은 너무 적게 들어가서 그런 게 아닌 것 같습니다. 어물 시장에 가보십시오. 고등어 말고도 두 눈을 부릅뜬 백두 혈통의 고급 생선들이 "내가 왜 여기를?" 하는 표정을 짓고 있는데 고등어 따위가 감히 여기가 어디라고…. 그래도 한국에 나가면 안동 간고등어는 한두 번 먹어 보지요. 어릴 적 안동의 뼈저린 가난과 꿈을 씹어보는 것입니다. 어릴 적 고향의 맛이 어디고 숨어 있겠지 생각하는 고향의 맛은 내가 이 세상을 하직하는, 눈을 감는 바로 그 날까지 내 곁을 떠나지 않을 것입니다.

(2021. 6.)

자서전

나는 자서전을 쓴다 하면 무조건 정주영이나 이병철같이 남보다 우뚝한 업적을 낸 기업인이나, 백범(白帆) 김구나 이승만 같은 정치인, 아니면 최승희나 파블로 카잘스(Pablo Casals) 같은 우뚝한 예술가들이어야 한다고 생각했습니다. 그래서 나 같은 사람이 자신에 대한 이야기를 쓴다는 것은 상상도 못해 봤지요.

≪천년의 선비를 찾아서≫라는 책을 펴낸 영천이씨 종손 L에 의하면 우리 옛 선인들은 살아 있을 때 자서전을 남긴 사람은 없다고 합니다. 옛날에는 선비들이 문집(文集)을 내는 것도 그 선비가 살아 있을 때 내는 것이 아니라 세상을 뜨고난 후에 후학들이나 자손, 친구들이 시문(時文)들을 모아서 냈다고 하지 않습니까.

도대체 요사이는 왜 이렇게 자서전을 내놓는 사람들이 많습니까? 자서전뿐만이 아니고 소설, 수필집, 시집도 마찬가지입니다. 수필집 내는 사람 수가 수필집을 읽는 사람보다 더 많다 할 정도로 수필집 한 권 안 낸 사람은 드문 것 같습니다. 왜 그럴까요? 몇 가지 이유를 생각해 볼 수가 있겠지요. 내가 생각하는 가장 큰 이유는 현재 우리 생활 구석구석에 파고들어 있는 하나의 거대한 시대 사조(思潮), 즉 포스트모더니즘(Postmodernism)의 영향 때문이라고 생각합니다.

포스트모더니즘이란 객관성, 이성을 중요시하는 모더니즘을 비판하면서 나온 사조입니다. 인간은 외부에서 오는 모든 자극에 수동적으로 받아들여서 축적해 놓는 유기체가 아닙니다. 외부에서 오는 모든 자극을 오는 그대로 받아들이지 않고 이전 경험에 무리가 없도록 능동적으로 변형시켜버리는 동물이란 말이지요. 그러니 이 철학 사조는 예술은 물론, 사람이 사는 방식 모두를 돌려놓았습니다. 무엇보다도 포스트모더니즘은 나 자신, 즉 나의 경험과 나의 존재를 가장 중요한 것으로 여깁니다. 이 세상에는 '객관적인' 객체는 우리가 생각하는 것처럼 그렇게 많지는 않습니다. 거의 모든 것이 내가 보는 대로, 내가 해석하는 대로, 내가 경험하는 대로의 세상만이 존재합니다.

소설, 시, 수필이 어떻게 쓰여야 하는가 하는 가치 판단도 옛날처럼 권위에서 혹은 정전(正典)적인 기준에서 나오는 것이 아닙니다. 각자의 주관적인 경험과 이전 생각에 따라 좋은 작품이 결정되는 것입니다. 그러니 소설가가 소설을 쓰고, 시인이 시집을 내고, 화가만이 전시회를 하고, 음악가만이 음악 리사이틀을 여는 세상은 지난 지 옛날입니다. 자서전을 쓰는 사람이 어떤 객관적 기준을 갖추어야 하는 것도 아닙니다. 흔히 말하는 우뚝한 업적을 말할 때 우뚝하다는 말이 어떤 객관적인 기준이 있는 것은 아닙니다. 강냉이를 튀기는 아저씨도 동네 아이들의 신기함과 반가움의 대상이 되던 시절을 생각하면 자서전을 못 내놓을 이유는 없습니다. 이렇게 보면 포스트모더니즘 사조는 이 세상 모든 사람을 어떤 권위나 외압에서 행방시킨 것과 마찬가지라고 생각할 수 있습니다.

자서전 중에는 자기가 직접 펜을 들고 쓰질 않고 다른 사람이 써 줘서 내놓는 자서전이 너무나 많습니다. 이런 남이 대필(代筆)해 준 자서전은 가식과 자기 자랑이 대부분이지요. 정말 자기가 부끄럽다고 생각하는 치부(恥部) 얘기는 교묘하게 넘어가거나 회피해 버립니다. 광주학살 사건의 주범 전두환이 자기가 5·18 발포명령을 내렸다는 얘기를 하지 않습니다.

자서전에서는 그 주인공의 진실성이 가장 중요한 요소입니다. 아무리 위대한 사람의 자서전이라 해도 없었던 일을 있었던 것처럼, 남이 한 것을 자기가 한 것처럼 둘러댄다면 그 책의 빛과 향기는 잃고 말 것입니다. 특히 정치인들 중에 이런 유의 자서전을 내놓는 사람들이 많습니다.

내가 자서전을 쓴다고 생각해봅시다. 우선 맨 첫째 관문에서 독자들의 흥미를 잃어버릴 위험이 하나 있습니다. 내 인생에 굴곡진 사건이 별로 없다는 것입니다. 정상적인 가정, 정상적인 부모 밑에서 가을 겨울이면 학교나 다니다가 여름이면 강에 나가 물고기나 잡던 아이, 대학을 다닐 때는 2년 후배 정옥자라는 소녀에게 홀려서 바쁘게 지냈고 졸업하고는 S대학교 학생지도연구소 말단 직원으로 있었지요. 캐나다로 유학을 와서 공부를 마치고는 여기서 계속 살았습니다. 끼니 한번 굶어 본 적이 없는 놈이 무엇으로 자서전을 쓴단 말입니까.

얼마 전에 이만갑의 〈이제 만나러 갑니다〉는 텔레비전 프로를 보다가 북한에 살고있는 사람들이 북한을 버리고 도망쳐 나온 이야기를 들려주는 것을 보았습니다. 그들은 목숨을 잃어버릴 위험을 수도 없이 겪으면서 상상도 할 수 없는 험난한 가시밭길을 걸어서 어떤 이는 비행기로, 어떤 이는 육로로, 또 어떤 이는 바닷길로 자유를 찾아 남쪽으로 내려 온 것을 실토하는 프로그램이었습니다. 이들이 겪는 고초는 우리의 '고생'과는 비교도 안 될 것이었습니다. 이 프로그램의 특징은 춤추고, 노래하고 놀다가도 사람의 탈출고백에 순식간에 눈물바다가 되고 마는 것입니다. 이들은 마치 슬픔이 그들 감정의 기저선을 이루다가 같이 탈북한 동료들의 설음을 고백하면 그 고백은 곧 듣는 이들의 슬픈 감정을 촉발하듯, 모두가 눈에 눈물이 글썽입니다. 나와 아내는 이 프로그램을 보며 대여섯 번은 손수건을 찾습니다.

(2021. 6.)

3부

세상살이

감장새 작다하고

나는 초등학교 때부터 반에서 키가 제일 작은 아이였습니다. 초, 중, 고등학교를 마칠 때까지 키가 작아서 팔을 들어 앞에 선 아이 어깨에다 조준해서 줄을 맞추는 '앞에 나란히'를 할 필요가 없었습니다. 키는 대학교 들어와서부터 어른의 키, 지금의 나의 키로 부쩍 컸지요.

키가 작아서 불이익을 당한 적은 없는 것 같습니다. 쪼그만 놈이 공부도 잘하니 귀엽다면서 반 뒤에 키 큰 녀석들이 어른스럽게 굴려는 녀석도 간혹 있었지만 괴롭히거나 시비를 걸어온 적은 꼭 한 번, 고등학교를 대구에 가서 새 학교에 입학했을 때 반에서 제일 쬐그만 녀석이 시비를 걸어온 것 말고는 한 번도 없었습니다.

불이익이라고 한다면 이성(理性)에 대한 호기심이 점점 불어갈 때 반에 큰 녀석들 이야기에 끼어들려고 하면 '어른들이 말씀하고 계시다. 너 같은 아(아이)들은 가서 숙제나 해라'면서 하던 이야기를 뚝 끊을 때가 여러 번 있었습니다.

중학교 때 셋째 누나와 같은 도시에서 학교에 다녔습니다. 셋째 누나는 키가 작아서 키에 콤플렉스가 있는지 육상부에 들어가서 선수도 하고 대대장 감투도 쓴 것 같은데 나는 옆집 푸들강아지처럼 키는 작아도 귀엽게 구는 게 나의 생존책이었습니다. 셋째 누나가 결혼할 때는 키가 큰 전봇대를 원했는데 결국 낙착된 것은 키가 조그마한 남자로 아담 사이즈에 지나지 않았습니다.

우리는 일반적으로 모든 일에 큰 것을 좋아합니다. 낚시도 월척(越尺), 큰 놈을 좋아하고, 학교도 큰 학교, 신랑감 키가 가물가물 전봇대를 좋아하지요. 한번은 내가 아내를 보며 "내가 중매로 결혼했으면 키가 커서 인기가 있을 텐데…" 하며 자랑했더니 "당신 같은 사람은 키 하나라도 커야지요." 하는 짧은 대꾸를 해왔습니다.

크고 장대한 것을 좋아하다 보니 새(鳥)나 개 같은 동물은 물론, 산이나 강도 큰 것을 좋아합니다. 나이가 500년, 600년이 된 큰 나무 앞에 서면 어릴 적에 존경하는 어른 앞에 선 양 외경(畏敬)과 존경심이 갑니다. 강도 그렇습니다. 미국의 미시시피나 중국의 양자강 앞에 서면 왠지 몸가짐새가 근엄해지고 엄숙해지는 것을 느낍니다.

우리 옛시조에 다음과 같은 시조가 있어서 적어봅니다.

감장새 작다 하고 대붕아 웃지 마라

구만리 장천에 너도 날고 저도 난다
두어라 일반 비조니 네오 제오 다르랴

이동렬의 시조풀이 ≪꼭 읽어야 할 시조 이야기≫에는 다음과 같은 해설이 적혀 있습니다. 굴뚝새가 몸집이 작다고 하여 한숨에 구만리를 난다는 대붕새야 비웃지 마라. 구만리 넓고 넓은 하늘을 너도 날고 감장새도 날아다니지 않느냐. 다 같이 하늘을 날아다니는 새인데 네나 굴뚝새가 다른 것이 무엇이냐.

지은이는 숙종 때 무인 이택이라는 사람입니다. "작은 고추가 맵다"는 말을 해학적으로 옮겨놓은 시조로 볼 수도 있고 문인만 떠받들고 무인은 멸시 받던 당시의 시대 풍조를 빗댄 노래로 볼 수도 있겠지요. 아마 후자의 경우일 것 같습니다.

서울 강남 청담동 같은 부자 동네에 사는 사람들아, 달동네에 사는 우리 같은 사람을 비웃지 말아라. 너나 나나 하루 세끼 먹고 사는 사람들이 아니냐. 고등학교 국어 시간에 배운 35살 나이에 자살을 하고만 일본의 소설가 아쿠타가와 류노스케(芥川龍之介)의 '귀족들이 잰 체 못하는 것은 그들도 측간(변소)에 오르기 때문이다.'는 말과 같이 굴뚝새의 배짱과 패기만 있다면 금력과 권력이 판치는 세상인들 무엇이 두렵겠습니까.

1999 가을 학기부터 2006년 봄까지 한국 E여대에 가서 근무하였습니다. 우리 부부는 강서구 등촌동 어느 작은 콘도미니엄에 방

을 얻어 소꿉놀이 같은 살림을 새로 시작했습니다. 하루는 아내가 다음과 같은 이야기를 물고 들어왔습니다. 아내가 고등학교 동창들을 만나니 동창들이 "어디 사느냐"고 묻기에 등촌동 봉제산 밑에 산다고 했더니 친구들 말이 대번에 "딴 데로 옮겨라."고 하더랍니다. 등촌동은 새[鳥]로 치면 굴뚝새니 그런데 살면 사기(士氣)와 자존심에 해를 입는다는 말이 아니겠습니까. 그래서 그런지 내가 E여대에 있는 동안 강서구 등촌동에 산다고 적은 학생은 그 많은 학생 중에 단 한 사람도 없었습니다. 강서구에 산다는 것이 자랑스럽지 못해서 밝히기가 싫어서 그런가 봅니다.

굴뚝새건 대붕이건 이 세상은 그 안에 사는 사람이 마음먹기에 달린 것 같습니다. 마음먹는 데 따라 이 세상은 지긋지긋한 지옥일 수도 있고 극락일 수도 있습니다.

(2020. 11.)

대통령의 자질

한국에서 대통령 선거 때가 오면 어김없이 나오는 화제의 하나는 전(前) 대통령 이승만과 박정희에 관한 이야기입니다. 그를 따르고 좋아했던 패와 그를 싫어하고 비난하는 패로 갈라져서 자기네의 주장을 굽히지 않고 자기 의견을 내놓기에 정신이 없습니다. 나이가 많은 사람들은 대부분 이승만과 박정희를 지지합니다. 이승만은 6·25전쟁의 공로로, 박정희는 '우리의 먹는 문제를 해결해 준 사람'으로 칭합니다. 그 둘을 싫어하는 사람들은 그 둘의 독재 경력을 들먹입니다. 나는 이승만과 박정희 둘 다를 싫어하는 입장에서 이 글을 쓴다는 것을 밝혀둡니다.

먼저 박정희부터 살펴보겠습니다. 박정희는 먹는 문제를 해결했으니 경제 대통령으로 그를 빼놓을 수 없다는 것이지요. 나도 어느 정도 그 말에 수긍이 갑니다. 그런데 경제 대통령으로 말하자면 독일의 히틀러(A. Hitler)와 소련의 스탈린(J. Stalin)을 꼽아야 하지 않을까요? 히틀러는 1차 세계대전에 패하여 무너진 독일 경제를 짧은 시간에 회복하여 2차 세계대전을 일으킬 정도로 튼튼한 경제 부국을 일궈냈으니 그를 제일의 경제 대통령으로 불러도 손색이 없지 않겠습니까. 소련의 스탈린도 빼놓을 수 없는 경제 대통령입니다. 황폐해진 소련 경제를 다시 일으켜 미국에 버금가는 강력한 군사 기반을 구축한 그도 경제 대통령이라는 말을 들을 자격이 있다고 봅니다. 내 주장의 요지는 경제, 교육, 국방 등 어느 것 하나에 쏠려 대통령의 자질이나 치적을 말해서는 안 된다는 것입니다.

어떤 사람이 좋은 대통령인가 하는 대통령의 자질에 관한 것은 사람마다 생각하는 기준이 다를 것입니다. 마치 신랑감을 고를 때 돈 많은 사람을 유일한 기준으로 고른다는 것도 문제이고, 학벌 좋다는 것을 유일한 기준으로 고른다면 그것도 문제일 것입니다. 건강, 인격, 사랑, 인간미 등 종합적으로 검토하는 것이 더 원만한 결정일 것입니다. 대통령을 고르는 기준도 마찬가지. 경제, 국방, 교육, 문화, 의료, 스포츠 등 여러 가지를 함께 고려하는 것이 무난할 것입니다. 우선 내가 생각하는 두 가지 기준에 대해서 말씀드리겠습니다.

대통령이 될 사람은 앞을 내다볼 줄 아는 식견, 즉 영어로 비전(Vision)이 있는 사람이어야 합니다. 멀리 앞을 내다보는 힘을 가지고 미래가 현실이 되면 신속하게 대처할 수 있는 능력이 있어야 한다고 믿습니다.

둘째로 꼽고 싶은 것은 생명에 대한 존중이랄까 인권에 대한 외경(畏敬)이라고 봅니다. 사람 목숨에 대한 외경은 어느 특정 부류의 사람에게만 주어지는 편파적 외경이 아닙니다. 그것은 이 세상에 목숨을 가지고 태어난 모든 사람에게 주어지는 외경(畏敬)입니다. 과거의 대통령들이 정적을 파리 잡듯 쉽게 한 것은 사람 목숨에 대한 존경이 없어서 그렇다고 생각합니다. 옛날 봉건시대 때 성군(聖君)으로 이름난 임금들, 이를테면 세종 같은 사람은 인간의 생명에 대한 외경이 남달리 컸음을 알 수 있습니다. 예로 세종은 사형선고를 받은 죄수는 반드시 자기가 그 사건을 재심사해서 신중을 기하였다는 기록이 전해옵니다. 수백 명의 무고한 양민을 재판 없이 죽여도 좋다는 허락을 해준 이승만은 인권에 대한 존중이 없어서 그렇다고 할 수 있겠습니다.

이승만이 비굴한 방법으로 자기의 정적을 제거해버리지 않았느냐고 하면 "뭘 사람 하나 죽인 걸 갖고 그럽니까?" 하는 변명을 해오는 사람들이 많습니다. 한둘은 괜찮고 열 명 스무 명은 안 된다는 것입니까. 내 생각에는 사람 하나 죽이는 것이나 열 명 스물 명을 죽이는 것이나 그 악한 마음씨에 있어서는 다른 게 없습니다.

이승만은 젊은 시절 미국에 와서 공부를 한 사람입니다. 그는 민주주의가 무엇인지 당시 남들보다는 훨씬 더 잘 알고 있었을 것입니다. 당시 한반도에 사는 사람들에게 모범을 보여주어야 할 사람이 아닙니까? 그런 사람이 도리어 총으로 정적을 제거하고 권력을 잡은 선례를 보여주었습니다. 많은 사람이 "이승만이 권총을 들고 김구를 쏜 것은 아니다."라는 것을 힘들여 강조하지마는 지도자의 암묵적인 승인 없이는 이런 암살은 일어나지 않습니다. 나는 김구, 장덕수, 여운형 등 모두 6명의 정적을 암살하고 자기의 정치 목적을 달성한 이승만을 몹시 싫어합니다. 그것은 사나이의 대결이 아닙니다. 요 몇 주 전에 이승만 시절의 경찰과 테러단들에 의해 무고한 양민 수백 명, 아니 수천 명이 학살당해 버려진 유골을 발굴하고 있다는 방송 뉴스를 들었을 때 이승만의 잔영(殘影)이 어른거렸습니다. 이승만이 정적을 제거하며 정치 목적을 달성한 것을 본 박정희는 이승만에 질세라 무고한 국민을 빨갱이로 몰아 수많은 사람을 죽여도 아무 죄책감을 느끼지 못했습니다.

봉건사회나 전제국가에서는 왕이나 독재자에 대한 제어 장치는 없었습니다. 왕이나 독재자가 마음에 들지 않는 짓을 해도 국민은 불만 속에 참고 견딜 수밖에 없었습니다. 민주주의 사회에서는 이 사회를 컨트롤(Control)하는 사람들을 시한제로 정해 놓고 투표를 해서 뽑습니다. 마음에 들지 않으면 투표로 바꿀 수가 있습니다. 민주주의는 컨트롤을 당하는 시민들이 자기들을 컨트롤 할 사람을 뽑는 것입니다. 그러니 민주사회에서는 시민의 뜻으로 받들지 않는 사람은 다음 투표에서 다른 컨트롤러로 바뀌게 됩니다.

오늘은 미국 대통령 선거 날. 한 표를 던지기 위해 이른 아침부터 줄을 서서 기다리는 사람들을 텔레비전 화면을 통해 보면서 이 글을 마칩니다. (2020. 11. 3)

거짓말

거짓말은 어떻게 정의되어 있을까요? 민중서관에서 펴낸 ≪국어대사전≫(≪우리말 큰사전≫이 아니고 ≪국어대사전≫입니다.)에 이렇게 적혀 있습니다.

> 거짓말 : 사실이 아니라는 것을 알고 있으면서도 이것을 믿게 하려고 사실인 것처럼 꾸미어 하는 말

이렇게 정의하니 얼른 알아듣기가 어렵습니다. 이 정의를 따르면 본인이 이것이 사실인지 아닌지를 모르고 있다면 거짓말로 볼 수 없다는 말입니다. 그러니 어디까지나 본인이 거짓말을 하고 있다는 것을 알고 있어야 한다는 것을 전제하지요.

거짓말은 인간만이 할 수 있다고 주장하는 이도 있습니다. 어떤 사람은 인간의 지혜가 조금씩 발달하면서 맨 처음으로 내놓은 '작

품'이 거짓말이었는데 그것은 다름 아닌 종교였다고 합니다. 그러니 어디까지를 거짓말로 보아야 하는지 경계선을 긋는 것도 보기보다는 그리 간단하지 않아 보입니다.

≪거짓말≫이라는 제목의 글을 쓴 최상묵에 따르면 지브라(zebra) 같은 보호색 무늬, 여자가 남자 앞에서 부리는 교태, 남자가 자기가 얼마나 직장에서 유능한 직원인가를 자랑하는 것 같은 뻥, 즉 허풍도 거짓말 범주에 들어가는 넓은 의미의 거짓말이라는 것입니다. 내가 쓰는 거짓말은 이보다 훨씬 좁은 의미의 거짓말 같습니다.

박정희 군사독재 시절에 신중현이라는 대중가요 가수가 있었는데 〈거짓말이야〉라는 제목의 노래를 내놓았습니다. 그 노래에 '거짓말'이라는 단어가 모두 18번이 나왔다지요. 그 노래가 그 시대(1972)의 불신 풍조를 불러일으킨다는 이유로 금지곡으로 지정되고 말았습니다. "똥 묻은 개가 겨 묻은 개 나무란다."는 속담이 생각납니다.

우리는 정직, 정직 떠들어도 사회생활을 하자면 거짓말을 해야 하는 경우가 많습니다. 남의 집에 손님으로 가서 저녁을 먹고 "맛있게 먹었습니다."(실제로 맛이 없어서 겨우 먹었지만)로 인사를 하지 "음식이 왜 그리 싱거운지 목구멍으로 넘기는 데 애를 먹었습니다." 하지는 않지 않습니다. "미안합니다." "고맙습니다." "반갑습니다." 따위의 인사는 사실일 경우도 있지마는 그냥 하는 말일 때가 압도적으로 많을 것입니다. 사람들과 관계를 부드럽게 해주는 사교성 거짓말은 대단히 필요한 거짓말입니다. 두 사람이 처음 만나서 '반갑습니다' '고맙습니다' 따위의 사교성 거짓말을 너무 많이 하면 상대방에 불쾌감을 유발하는 경우가 많긴 하지만요.

대부분 사람은 거짓말을 해도 그리 '큰' 거짓말이 아니고 비교적 '작은' 거짓말에 그칩니다. 그러나 어떤 사람은 아주 큰 거짓말, 예를 들면 나이, 결혼 여부, 출신학교 같은 것이 포함된 큰 거짓말을 하고 다니는 사람들이 꽤 많습니다. 내가 사는 도시에도 교수가 아니면서 자기가 교수라는 사람, 결혼했음에도 아직 미혼이라고 하며 다니는 사람이 있습니다.

왜 거짓말을 할까요? 내 생각으로는 자존감(자기 자신의 품위를 스스로 높게 가지려는 마음)을 유지하거나 더 끌어올리기 위한 수단으로 거짓말을 하지 싶습니다. 거짓말을 상습적으로 하고 다니는 사람들은 거짓말을 해서라도 허물어져 내려앉는 자존심을 보존해 보겠다는 욕심이 생기는 것이지요. 거짓말을 하지 않는 사람은 자존심이 높다는 말은 절대 아닙니다. 거짓말을 하든, 안 하든 누구나 높은 자존심을 유지하려는 의욕은 있다는 것이지요.

거짓말은 객관적으로 측정할 수 있을까요? 거짓말 탐지기(polygraph)로 알려진 기기(機器)가 있지요. 이 거짓말 탐지기는 문자 그대로 거짓말을 잡아내는 기기는 아닙니다. 거짓말을 하는 순간의 호흡, 맥박, 혈압, 땀 등의 신체적 반응을 측정하여 이들의 변화를 보고 거짓말을 했는지 아닌지를 추정하는 것에 불과하지요. 거짓말 탐지기는 지금까지 경찰이나 국가안보에 많이 쓰였고, 직원들의 회사 경비나 문진 도용을 방지하는 목적으로 쓰이고 있습니다. 그러나 만족할 만한 신뢰도나 타당도가 없기 때문에 법정에서 증거로 제시될 수 있는 단계에 온 것은 아닙니다. 아직도 실험 단계에 있다고 보는 것이 맞습니다.

거짓말이 남에게 거짓 정보를 제공한다는 이유로 인간 사회에 설 자리도 없이 말끔히 추방할 필요는 없는 것 같습니다. 거짓말이 있음으로써 사람들 사이의 접촉이 활기를 띠고 재미가 있게 되는 것 같습니다. 우리는 반드시 이상적인 상태에 도달했을 때만 행복감을 느끼고 살아있는 맛을 느끼는 것은 아닙니다. 우리가 살아가는 동안에도 그 말이 거짓말이니 아니니, 큰소리만 치고 다닌다느니 아니니, 이 얼마나 우리들의 대화가 싱그러워지고 재미있습니까. 이게 바로 살아가는 것이 아니겠습니까.

(2020. 9. 20)

세상살이

이 세상을 살아가는 데는 지나친 정직이나, 지나친 솔직함은 마음 편한 삶을 살아가는 데 오히려 방해된다는 생각이 들 때가 있습니다. 남과 더불어 지내자면 때로는 남이 저지르던 내가 저지르던 정직 아닌 행동을 보고 눈감아 줄 줄도 알아야 하고, 가끔 거짓말도 해야 하는 경우도 있습니다. 지금 이 순간에 일어나고 있는 삶의 현실에 경건한 줄도 모르면 내 행동은 물론, 남의 잘잘못도 바로 보질 못하고 무조건 깎아내리거나 가혹한 평가를 내리기가 무척 쉽습니다.

정조 때 선비로 다산(茶山) 정약용이라는 사람이 있습니다. 이 선비는 영조의 아들 사도세자가 그의 아버지 명령으로 뒤주에 들어가 죽은 해에 태어났습니다. 임금 정조가 다산의 재주를 아껴 아들처럼 잘 보호해줬으나 당시 집권 세력이던 노론의 미움을 받아 천주교 신자라는 죄목을 씌워 강진으로 유배를 보냈습니다.

다산이 쓴 시에 〈호박탄(歎)〉이 있습니다. 그런데 이 시(詩) 뒤에는 다음과 같은 일화가 있습니다. 다산이 회현동에 살 때 하루는 대문을 들어서자 분위기가 여느 때와는 달랐다고 합니다. 다산 집 계집종이 눈물을 찔끔거리고 서 있고 아내 홍씨가 상기된 얼굴로 있었습니다. 사연인즉 끼니가 끊긴 지 오래여서 호박죽으로 연명했는데 그나마 호박도 남은 것이 없었습니다. 마침 옆집 텃밭에 열린 탐스런 호박 하나를 발견한 계집종은 주인 몰래 그 호박을 따왔습니다. 죽을 끓여 주인께 올렸더니 성품이 대쪽 같은 홍씨는 화를 내며 매를 들었습니다. "누가 너 보고 도둑질하라더냐?" 하며 야단을 치고 때렸습니다.

이를 본 다산은 "아서라, 그 아이는 죄가 없다. 꾸짖지 말라. 이 호박죽은 내가 먹을 테니 이러쿵저러쿵 말하지 말라."고 말한 뒤 그는 속으로 탄식하였습니다. '만 권의 책을 읽은들 아내가 배부르랴. 두 이랑 밭만 있어도 계집종이 도둑질하지 않아도 될 것을. 나도 출세하는 날이 있겠지.'

다산은 배가 고파 호박 하나를 도둑질한 어린 계집종을 윤리를 들먹이며 꾸짖고 매질한다는 것이 얼마나 가증스러운 위선인가를 실토한 것입니다. 다산은 다른 〈가난〉이라는 시에서 "안빈낙도를 말하지만 막상 가난하니 안빈이 안 되네. 아내의 한숨 소리에 체통이 꺾이고 굶주린 자식들에겐 엄한 교육도 못 시키겠네." '그야말로 삼 일만 굶으면 정승도 도둑이 된다.'는 현실을 구태여 부정하지는 않았다는 말입니다.

삶의 엄숙함 앞에 경건해지지 않는다면 그 삶이 무슨 의미가 있겠습니까. 그러니 다산은 '지금 여기서 이루어지는 삶'을 결코 떠나지 않습니다. 삶의 현실을 떠난 초월적인 삶은 예술이건, 윤리 도덕이건 아무 의미가 없는 헛말이 되기가 쉽지요.

어떻게 사는 것이 참된, 윤리 도덕적인 삶인가 하는 데는 정답이 있는 것은 아닙니다. 종교 철학자나 성직자, 윤리 도덕적인 삶을 부르짖는 사람들은 우리가 듣기에는 고상하기 짝이 없는 삶의 길입니다. 그러나 지나친 인정과 실정을 무시하는 고상함도 위선이라 할 수 있습니다. 예로 제 자식을 굶기면서 남의 자식 굶는지를 걱정하는 것을 위선이라고 생각합니다.

우리의 행동 한계의 '너무하다' '지나치다'는 등의 말이 나올 때는 우리 행동이 위선의 영역을 밟지 않았나를 의심해 봐야 한다는 말이지요.

나는 살아가는데 구김살 없는 인생을 살고 싶습니다. 구김살 없는 인생을 원치 않는 사람이 어디 있겠습니까마는 지식, 문화예술, 윤리도덕이 오히려 '사람 아닌 사람'으로 만들어 놓고 마는 경우가 가끔 있습니다. 나도 자주 이런 덫에 걸려듭니다.

며칠 전에는 어느 시인과 이야기를 하다가 그 시인이 이번 코로나 위기 때 집에서 뭘 했는가를 물었습니다. 나는 책으로 치면 한 250쪽은 될 분량의 시조풀이 원고를 써서 출판사에 보내버렸다는 이야기를 자랑 삼아 했습니다. 그다음에 안 해도 좋은 말을 한 것이 화를 불러왔습니다. "내가 젊었을 때는 옛시조들 300수가량 외웠습니다. 외우는 데 세 번 이상 읽을 필요가 없었습니다."라고 했더니 "그 말은 귀가 헐도록 들었어요." 하며 제발 자랑 좀 그만하라더군요. 나는 나 자신이 무척 겸손한 사람이라고 생각하는데 남들이 보기에는 그렇지 않은 모양이지요. 좌우간 귀가 헐도록 자랑한 것은 좀 '지나친' 것은 아닌가 싶습니다.

최근 나에게는 비장(秘藏)의 무기가 생겼습니다. 그것은 나의 주책없는 나이가 올해 여든이라는 사실에 있습니다. 귀가 헐도록 자기 자랑을 한 것도 이제 와서 나이 탓으로 돌릴 수 있는지는 모르겠습니다마는.

(2020. 6. 25)

노벨 경제학상

〈중앙일보〉 남윤호 기자에 따르면 노벨 경제학상으로 불리는 상은 알고 보면 진짜가 아니라고 주장합니다. 노벨의 유언장(1895)에는 경제학이 없답니다. 스웨덴 중앙은행 1968년 창립 300주년 기념상으로 만든 상이라는 것입니다. 노벨재단이 상을 주는 것이 아니라 스웨덴 은행이 상금을 준다는 것입니다. 그러니 노벨상이 아니라 스웨덴 은행의 경제 과학상이라는 것이지요.

노벨상에서 경제학상을 없애야 한다는 주장은 노벨 가문의 후손인 페데르 노벨로부터도 나왔습니다. 알프레드 노벨의 형 루드비히 노벨의 증손인 그는 다음과 같은 말을 했습니다.

> 경제학상의 2/3는 미국 경제학자들에게 돌아갔다. 특히 증권이나 옵션 투기를 하는 시카고학파에 주어졌다. 이는 인류 복지를 증진시킨다는 알프레드 노벨의 뜻과 아무 관계가 없다. 아니 오히려 그

반대다.

노벨 문학상을 심사하는 스웨덴 아카데미에서도 경제학이 인류 복지에 기여한 것이 도대체 무엇이냐며 1997년 스웨덴 은행에 이 상의 폐지를 요청한 일이 있습니다. 주려면 '스웨덴 은행 경제과학상' 이름으로 상을 주어야 한다는 것이지요.

나는 경제학을 전공한 사람도 아니고 그렇다고 경제학책을 많이 읽은 사람도 아닙니다. 아는 것이라고는 고등학교 때 애덤 스미스(Adam Smith)라는 근대 경제학의 아버지로 불리는 사람이 있다는 것뿐입니다. 그의 주장에 따르면 인간이 가장 원하는 것은 다른 사람의 존경과 부러움이고 가장 싫어하는 것은 다른 사람들의 무시와 경멸이라는 것입니다. 가장 어리석은 사람들은 지혜와 덕이 아니라 부와 권세를 가진 사람들을 존경하고 부러워하나 가난한 사람들을 업신 여기는 것이라고 합니다. 그러므로 사람들은 부와 권세를 얻으려는 허영에 빠진다는 것이지요.

경제학을 개창한 사람이 부유하게 되는 방법을 일러줄 줄 알았는데 그렇지 않은 것이 무슨 이유가 있나 봅니다. 우리나라에서 대통령을 지낸 이명박도 국민에게 새해 인사드리는 말로 "국민 여러분 부자 되세요." 했다지 않습니까. 대통령으로서 국민에게 보낸다는 메시지가 기껏 "부자 되세요," 했으니 그의 정신연령이랄까 수준도 알아볼 만한 것이 아니겠습니까.

애덤 스미스에 의하면 자기 사랑은 경제발전의 원동력이 되는데 자기 사랑이란 남에게 부당한 피해를 주지 않는 범위에서 자신의 이익을 추구하는 것이고 이기심을 남에게 부당한 피해를 주며 자신만의 이익을 추구하려는 무분별한 탐욕이랍니다. 인간은 천사가 아니고 어디까지나 자기중심적인 존재에 불과하다는 말이지요.

잘 잠 덜자고 노력한다고 부가 나비처럼 우리 곁에 와서 살짝이 내려앉는 것은 아닙니다. 어떤 사람은 남보다 노력을 더 하는 것도 아닌 것 같은데 일이 척척 풀려서 어느덧 경제적으로 부유한 위치에 있는 것을 자주 볼 수 있습니다. 사람이 돈이 있는 데로 가는 게 아니라 돈이 마치 자석처럼 사람에게 달라붙는 것 같을 때가 있습니다.

예로 제주도 어느 양갓집에 태어나서 어린 나이에 부모를 잃고 기생집에 맡겨진 김만덕이라는 사람은 장사를 시작해서 큰돈을 버는 대상(大商)이 되어 있었는데 정조 때 어느 해에 제주도에 큰 흉년이 들자 천 냥의 돈을 내어 수많은 사람을 구했답니다. 당시에는 섬에 사는 여자가 섬 밖으로 나가는 일이 금지되어 있었으므로 그야말로 파격적 조치라고 할 수 있겠습니다. 뿐만 아니라 당대의 영의정 채제공은 〈김만덕전〉을 썼다고 하네요. 읽어보진 못했습니다.

경제학이 돈을 벌기 위한 학문으로만 생각해서는 안 됩니다. 그러니 경제학에서는 왜 사람들이 부(副)를 그렇게 노리는지, 왜 가난의 상태에서 벗어나려고 그렇게 발버둥 치는지, 가진 것 다 가지고도 행복감을 못 느끼고 더 가지려고 하는지 같은 주변적 요소도 고려해야 합니다.

나는 돈을 많이 벌어 부자가 되는 꿈을 가져 본 적이 없습니다. 그렇다고 부(富)를 싫어한다는 말은 절대 아니지요. 내 지금까지 살아온 인생에서 돈을 제일 바랐던 시절은 장학금으로 공부하던 유학생 시절이었습니다. 학교에서 나오는 장학금 1500불이 내 수입 전부였습니다. 그 돈을 여덟 달로 쪼개어 살자니 실로 빡빡하고 여유라곤 없는 생활이었습니다. 그때는 돈만 주면 무슨 힘든 일이라도 할 것 같았지요. 그러나 그때는 그렇게 사는 것이 유학생들의 표준 생활이었으니 숙명이다 생각하고 열심히 사는 수밖에 없었습니다.

경제학에 기반을 둔 이론이건 성경 말씀에 기반을 둔 이론이건 부는 상대적인 개념입니다. 이 개념이 살아있는 한 인간 사회는 언제나 부자와 가난뱅이가 나란히 삶을 꾸려나갈 것입니다. 인간 사회에서는 여전히 부와 빈곤으로 허덕이는 사람들에게 희망과 꿈을 보태주는 경제학자들은 연구를 계속할 것입니다.

(2020. 10. 1)

명성황후

나는 흘러간 대중가요, 즉 옛날 뽕짝을 무척 좋아합니다. 한국에 있을 때 나도 오피스텔을 하나 빌려 노래를 부를 수 있는 작은 무대와 손님들이 앉아서 노래를 들을 수 있는 무대를 하나 마련해 볼까 생각까지 했습니다마는 엄청난 자금에 그 생각은 일찌감치 포기하고 말았습니다.

나처럼 대중가요를 좋아한 사람은 내가 처음은 아닌 것 같습니다. 나보다 사회적 지위가 훨씬 높은 분인데도 대중가요를 썩 좋아한 분이 있습니다. 대원군 이하응의 며느리요 고종 황제의 본처 명성황후 민비입니다.

15년 동안 시종원에 몸을 담고 있으면서 고종이 아침에 눈을 떠서 저녁에 잠자리에 들 때까지 꼬박 옆에서 시종를 들었던 정환덕이라는 역술가가 보고 들은 것을 비밀히 적어둔 게 있습니다. 이 기록을 역사학 교수 박성수가 주석을 달아 ≪남가몽(南柯夢)≫이라는 작은 책으로 펴냈습니다. 이 ≪남가몽≫을 보면 다음과 같은 구절이 적혀 있습니다.

고종이 즉위(1864)한 뒤 임오군란이 일어난 1882년까지 19년 동안 곤궁(명성황후)이 음악을 지나치게 좋아하여 배우들을 궁중에 데려다가 노래 부르게 하고 기생들로 하여금 묘기를 부리게 하기를 하루도 거르지 않았다. 그러니 그 상으로 하사한 금품이 수를 헤아릴 수 없을 정도로 많았다….

명성황후는 명민할 뿐 아니라 성격도 대단히 앙칼지고 독살스러운 데가 있었던 모양입니다. 예로 황현이 쓴 ≪매천야록≫을 보면 다음과 같은 이야기가 나옵니다. 즉 임오군란이 일어나자 왕후는 극적으로 왕궁을 탈출하여 한강을 건너 광주 어느 마을을 지나가고 있었습니다. 어떤 할미가 민비를 피난 가는 아낙네로 생각하여 떠들며 큰 소리로 말했습니다. "중전(명성황우 민비)이 음란하여 이런 난리가 일어나 낭자가 여기까지 오게 되었구려…." 왕후는 아무 대응 없이 듣기만 했습니다. 두 달 후 대궐로 돌아온 왕후는 그 할미가 사는 마을을 초토화시켜 없애버리라는 명을 내렸답니다. 보통 마음 갖고는 한 마을을 없애버리라는 끔찍한 생각을 못하지요.

명성황후는 눈치가 빠르고 총명했다고 합니다. 그러나 그의 남편 고종은 판단력에 있어서는 그의 아내 민비보다도 떨어져도 많이 떨어질 뿐만 아니라 흐리멍덩한 군주로 묘사되어 있습니다. 예로 그의 아내 명성황후가 1895년 일본 낭인들에 의해 무참해 난자를 당해 죽었습니다. 이 어수선한 판에 고종은 그의 아내가 왕궁에서 질투로 쫓아냈던 엄비라는 귀빈을 민비가 시해된 지 닷새 만에 다시 대궐로 불러들였답니다. 아내 죽은 지 닷새도 안 되어 쫓겨난 상궁을 다시 불러들인다는 게 말이 됩니까. 그래서 모두들 임금은 양심도 없다며 한탄했다고 합니다. 엄비는 생김새도 민비와 비슷하고 권모와 지략까지도 그와 닮아 고종의 사랑을 독차지했다 합니다.(영친왕 이은을 낳았습니다.) 정사에 관여하여 뇌물을 받기 시작했으니 점점 민비가 살아있을 때와 같아졌습니다.

명성황후는 여자로서 어떤 여자일까요? 내 생각으로는 그냥 집에 들어앉아서 살림이나 살고 애나 키웠더라면 무척 깔끔하고 똘똘한 주부가 되었을 것 같은 생각이 듭니다. 그러나 그녀는 용렬하고 어리석을 남편을 만난 죄로 정치에 관여하기 시작했고, 정치에 참여하고부터는 시아버지와 불화가 생겨 가정을 파탄 냈고 친정 식구들에 의존하는 정도가 자꾸 심해갔습니다.

한편 남편 고종은 정신박약아로 불러도 좋을 정도의 판단력을 가진 인물밖에 되질 않아서 민비가 정치에 간섭하지 않고는 도저히 안 될 것 같았습니다. 사가들은 입을 모아 고종이 점쟁이의 말을 듣고 나랏일을 결정할 때도 있고, 남의 말을 곧이곧대로 믿고 따르며 수천 냥의 나랏돈을 허비하곤 했다 합니다. 나중에는 고종

뿐만 아니라 왕후 두 사람 다 무당에 홀려 많은 돈을 주고 점쟁이나 무당을 궁중에 머물러 있도록 했답니다. 그러니 최순실 같은 맹탕한테 정치 자문을 구한 박근혜는 원조가 아니라 고종 부부가 대선배였다고 해야겠습니다. 고종은 부인 민비가 일본 낭인들에 난자를 당해 죽은 것이 분명한데 민비를 만나게 해 준다는 어느 사기꾼의 말을 듣고 그에게 수만 냥의 돈을 준 어이없는 행동을 보고 어떤 생각이 드십니까?

민비 또한 왕비로서 지나치게 표독한 면이 너무 많았던 것 같습니다. ≪매천야록≫에는 고종의 아들이자 순종의 이복동생이 되는 의화군 이강을 낳은 장씨를 잡아다가 음부의 양쪽 살을 칼로 도려낸 뒤 밖으로 내보냈다고 합니다. 장씨는 그의 형제들에 의지해 십여 년을 살았지만, 상처로 고생을 하다 죽었습니다. 내 생각으로는 왕비로서 이렇게 악독한 짓을 한 것은 아무리 사랑이 관계된 질투 때문이라 해도 지나치다고 봅니다.

명성황후는 자기 권력 유지를 위해서 한 일들을 보면 그에게는 시아버지도 없고 남편, 가정도 없고 그저 친정 세력에 기대어 자기 일신의 영달과 명예에만 매달린 여성에 불과합니다. 그녀는 흥선대원군이 그의 처가 쪽에서 조심스럽게 며느리감으로 고른 규수였습니다. 그러나 7년 만에 이 규수에게 쫓겨나는 신세가 되었으니 대원군이나 명성황후나 큰 불행이라 하지 않을 수 없습니다. 그는 자기 남편 고종보다 연상인 1851년생. 나이는 비록 1살 위였지만 그의 머리와 책략은 10년쯤 위였다고 합니다.

덕망이 높은 군주 뒤에는 항상 그 군주를 끊임없이 돌봐주고 정사에 지친 군주의 몸과 마음을 눅눅하게 해 주는 여인이 있습니다. 세종대왕 뒤에는 소헌왕후 심씨가 있었고, 정조 뒤에는 효의왕후 김씨가 있었습니다. 명성황후의 경우에는 자기가 직접 앞에 나와서 고종을 대신하여 모든 것을 쥐락펴락했습니다. 명성황후가 아무리 영리하다 해도 당시 시대 정황으로 보아 여자로서 한계가 있습니다.

명성황후는 임신을 4번을 했지마는 모두 일찍 죽거나 유산으로 끝났고 세자(순종) 하나만 살아남았는데 그 세자는 고자였습니다. 그러니 순종의 본처 왕후 둘, 민씨와 윤씨는 남녀의 운우지정(雲雨之情)을 경험 못 해보고 평생을 살았다 합니다. 그러니 명성황후의 마음에 말 못할 근심이 떠날 날이 있었겠습니까?

명성황후의 일생을 보면 아무리 사람의 일생은 운명으로 딱 정해져 있다 해도 일생에 몇 번 바뀔 기회는 있는 것 같습니다. 기회가 왔다는 것을 알고 바꾸는 데는 자기통찰과 반성이 필요하지요. 명성황후는 이 점에서 후한 점수를 받지 못할 것 같습니다. 그가 고종에게 시집오기 전에는 프라이드만 높았지 실속은 별로 없는 가정의 규수에 불과했으니까요.

(2020. 8.)

임금 고종

황현이 쓴 ≪매천야록≫은 고종 재위 동안의 일기를 썼다 할 수 있을 정도로 고종 치세에 관한 역사적 사실을 자세히 적었습니다. 그의 책 ≪매천야록≫을 읽다가 다음과 같은 구절이 눈에 띄었습니다.

…서수붕이 처음 임금을 봤을 때 조선의 기수(氣數: 저절로 오고가는 길흉화복의 운수)가 왕성하고 풍속이 아름답다고 칭찬했다. 임금이 그 연유를 물으니 그가 대답했다. 우리나라(청)은 벼슬을 팔아먹은 지가 십 년도 안 되었는데 세상이 어지러워 종묘사직이 거의 위태로운 지경이 되었습니다. 그런데 귀국(조선)은 벼슬을 팔아먹은 지 삼십 년이나 되었는데도 임금 자리가 아직 편안합니다. 기수가 왕성하거나 풍속이 아름답지 않고서야 지금까지 이를 수 있겠습니까. 임금이 크게 웃으며 부끄러움을 모르자 서수붕이 나가면서 말했다. "슬

프구나. 조선의 백성이여"

일개 공사가 한 나라 임금의 매관매직을 비웃었으나 임금은 그 말귀를 알아듣지 못하는 바보라는 이야기입니다.

위 이야기의 주인공은 조선 26대 임금 고종입니다. 고종은 이하응의 둘째 아들로 태어나서 철종이 후사 없이 죽자 헌종의 어머니 조대비(妃)와 밀약을 하여 자기 둘째 아들 명복을 왕위에 앉히기로 약속하였습니다. 고종이 왕위에 오를 당시 조정은 안동김씨의 놀이터에 지나지 않았습니다. 이 난국에서 빠져나오는 수단으로 대원군의 아들을 임금 자리에 앉히는데 조비가 동의를 한 것이지요. 그러니 고종은 제왕 수업이 없이 임금 자리에 오른 사람입니다. 혼인을 하기로 한 안동김씨 김병학의 따님과 약속을 파기하고 여주 민치록의 외동딸과 운현궁에서 결혼하였습니다.

고종은 성인이 되어서도 현명한 군주는 못 되었다는 게 사가들의 일반적인 평인 것 같습니다. 황현의 ≪매천야록≫에는 12살에 왕위에 오른 고종이 맨 처음 내린 명령이 '재동에 있는 군밤 장수를 사형에 처하라'는 전교(傳敎)였다고 합니다. 아무리 어리고 철이 덜 든 임금이라 하더라도 군밤 하나 달라는 것을 거절했다고 사형시키라니 이 어린 군주의 장래 치정(治政)을 예고하는 징조같이 보여 찜찜한 기분이 듭니다. 민치록의 딸 민비는 신랑보다 더 영리하고 재빠른 사람인 것 같습니다. 그러나 그의 총명함과 기지는 모두 친정과 친정 족속들의 이권을 불리기 위한 것이었다는 게 사가들의 공통적인 의견입니다.

고종 부부는 임금으로서의 체통(體統)에 맞지 않게 행동할 때가 자주 있었던 것 같습니다. 예로 ≪매천야록≫에 보면 임금께 생일 선물을 올리는데 민영환이 올린 비단 50필과 황저포 50필을 받고 임금의 낯빛이 변하더니 용상 아래로 집어 던졌다고 합니다. 다음에 민영소가 올리는 춘주 500필과 갑초 500필, 백동 5합, 바리 50개에 다른 물건을 보자 임금 얼굴이 기쁜 색으로 바뀌었다 합니다. 유치원에 다니는 아이들도 안 할 짓을 마구하니 이래서야 임금 체통이 설 수 있겠습니까? 임금 부부는 노래를 좋아해서 매일 밤 평복을 입고 앉아서 왕후는 넓적다리를 치면서 "좋지, 좋아" 하며 섬돌 아래서 잡가를 부르는 사람들에 박수를 보내고 놀았다는 것입니다. 문제는 가끔이 아니라 거의 매일 이러니 상품과 막대한 상금을 어이 하겠습니까. 그때 시국이 노래 부르고 춤출 시국은 아니었지 않습니까?

민비는 성질이 사악한 데가 있어 의화군 이강을 낳은 상궁을 잡아서 음부의 양쪽 살을 도려낸 뒤 대궐 밖으로 쫓아냈다고 합니다. 또한 고종은 부인 민비가 일본 낭인들에 의해 시해된 지 닷새 만에 예전에 상궁으로 있던 엄씨를 다시 궁궐에 불러들였습니다. 십여 년 전에 고종이 엄씨를 총애한 적이 있는데 민비가 크게 화를 내어 엄씨를 죽이려 했답니다. 임금의 간곡한 만류로 엄씨는 죽음을 면

해 대궐 밖으로 쫓겨났는데 이제 민비가 죽자 겨우 닷새도 되지 않아 다시 불러들이니 백성들은 임금이 양심이 없다며 모두 한탄했답니다. 영국의 극작가 윌리엄 셰익스피어의 햄릿(Hamlet)에 자기 어머니의 성급한 재혼을 빗대어 "상여를 따라가는 눈물도 마르기 전에…"를 한 말이 생각납니다. 민비는 임오군란 때 충주로 피난 가는 길에 지나가는 마을의 촌할미가 민비에게(중전인 줄 모르고) "중전인가 뭔가 때문에 이렇게 피난을 가는구려" 하는 말을 듣고 나중에 그 마을을 싹 없애버리라고 했답니다.

사학자 이덕일에 따르면 고종 내외는 마음 한구석이 덜 채워졌는지 무당이나 풍수, 점쟁이, 사기꾼들의 말을 잘 믿을 뿐 아니라 가끔 나라의 일도 이들의 말대로 처리할 때가 있었다 하니 놀랍고도 무서운 생각이 듭니다.

이들 부부는 확고한 외교 방침이 없었던지 여러 나라 세력들이 제나라 이익을 찾아서 한양 바닥에서 활동하는 동안 일본 세력에 붙었다가 러시아 측에 붙었다가, 무슨 다른 별다른 계책도 없이 강자의 편에 붙으려고만 했습니다. 임금이 잠을 자는 곳이 안전한 곳이 못 된다고 생각해서 잠은 러시아 공관에 가서 잤다니 이것이 한 나라의 임금이 할 짓이겠습니까?

고종은 자신을 사색당파의 노론에 속하는 사람으로 보고 노론을 만나면 '친구'고 소론은 '저쪽', 남인과 북인은 '그놈'이라고 불렀다 합니다. 임금도 사람인지라 좋고 싫어하는 당색이 있는 것을 나무

랄 수는 없지요. 그러나 너무 지나치게 노골화하고 이것이 인선(人選)에도 반영된다면 문제가 되지 않겠습니까? 이덕일에 의하면 망국 후 일제는 76명의 조선인에게 귀족의 작위와 돈을 주었는데 순종의 장인 윤택영도 있었답니다. 한 나라 임금의 장인이 이 꼴이니 무슨 말을 더하겠습니까? 당 소속을 쉽게 알 수 있는 64명 중 북인이 2명, 소론이 6명, 노론이 56명이었다고 합니다. 고종이 자처한 노론이 나라를 팔아먹는데 참여했다는 말이 아니겠습니까?

고종은 아버지 이하응과 조대비와 밀약에서 왕좌에 앉혀진 임금입니다. 결혼은 민비 대신에 애당초 안동김씨 김병학의 딸을 왕후로 간택하기로 약속했는데 그 약속이 지켜지질 않았습니다.

애당초, 약속대로 김병학의 따님이 왕후가 되었으면 고종의 생애가 달라도 많이 달라지지 않았겠습니까.

고종이 임금으로 있던 44년은 조선이 천천히 망해가기 시작할 때의 혼돈과 무질서가 시작된 뒤였습니다. 파도같이 밀려오는 외세에 노둔으로 언죽번죽하는 고종 같은 임금이 제격이었는지 모릅니다. 44년간 임금 자리에 있었던 고종은 망국 군주가 되었습니다. 왜일까요? 사학자 이덕일에 따르면 다음 3가지인 것 같습니다. 첫째 자질 부족과 함량 미달. 고종 내외는 매관매직을 상습적으로 했습니다. 전국 수령의 2/3는 돈으로 산 것이라는 기록이 전합니다. 둘째, 고종은 시대 변화를 거부했습니다. 갑신정변으로 급진 개화파를 죽였고 아관파천으로 온건 개화파를 죽였습니다. 또한 외국

군대를 끌어들여 동학 농민군을 죽였습니다. 천고의 말마따나 입에 달면 삼켜두고 입에 쓰면 뱉어내는 정치의 반복이었습니다.

천고를 따르면 고종이 독립운동가 이회영 등과 몰래 접촉하여 망명을 준비한 것이 마지막 승부수였다고 합니다. 1919년 1월 20일 고종의 병이 깊어졌는데 그날 밤 숙직한 인물이 이완용과 이기용이었다고 합니다. 고종은 그날 밤 이 두 매국노만 지켜보는 가운데 덕수궁에서 그의 파란만장한 사바세상을 하직하는 눈을 감았다고 합니다. 그때 그의 나이 만 67세였습니다.

(2020. 12.)

굿과 점(占)

우리 부부가 사는 콘도미니엄에서 한 300미터만 가면 오른편에 초·중학교와 도서관이 나오고 그 뒤로는 험버강이 흐릅니다. 도서관을 지나 오른쪽으로 가면 무쇠와 나무를 섞어서 만든 아담한 무지개 모양의 다리 하나가 강을 가로질러 놓여있습니다. 맑은 날이면 우리는 산책을 하다가 그 다리 위에서 오리들이 헤엄치며 노는 (일하는) 것도 보고 다리 아래쪽의 경치도 구경하곤 합니다. 이 강물이 히말라야산맥 어느 계곡에서 흘러내리는 것이라고 생각하면 우리가 느끼는 신비감은 몇 배가 더할 것 아니냐는 말을 하고는 웃지요. 그러니 경치라는 것도 결국 보는 사람의 마음에 달린 것이 아닌가로 생각됩니다.

그런데 우리는 이 다리 근처 강가에 사람들이 음식과 꽃을 버린 것을 봅니다. 처음에는 근처에 하나밖에 없는 강에 이렇게 마구 버리는 법이 있는가? 하는 생각이 들었는데 몇 달에 한 번꼴로 드문 드문 있다 보니 그 음식과 꽃이 인도 사람들이 우리처럼 무슨 의식 같은 게 있나본데 그 의식이 끝나면 음식과 꽃을 험버강에 버리는 것으로 생각했습니다. 처음에는 강에 버린다고 생각했으나 나중에는 강에 바치는 것으로 바꿔서 생각했습니다. 버렸다면 그렇게 싱싱하고 건강한 꽃송이들을 마구 내버릴 이유가 있겠습니까? 우리는 아직 한 번도 꽃과 음식을 버리는(혹은 바치는) 광경을 직접 보지는 못했습니다.

나는 꽃을 강에 버리는 행위는 반드시 자기네들의 복을 비는 의식, 즉 우리의 굿이나 제사와 마찬가지 행사라고 생각합니다. 무당을 얘기하자면 샤머니즘도 얘기하지 않을 수 없습니다. 우리 민족의 전통 문화에 대한 책을 4권이나 쓴 송기호에 의하면 굿이란 '행복' 혹은 '행운'을 뜻하는 북방 아시아 민족들의 말이랍니다. 무당은 신과 교통하는 종교인인데 우리나라에도 원본에 가까운 샤머니즘의 모습이 남아있다고 합니다.

요새도 서울 주택가에는 간혹 나무 솟대에 이상한 깃발이 날리는 무당집을 발견할 수 있지요. 그런데 송기호의 지적대로 무당이 굿을 하고 운수도 보기 때문에 점(占)만 보는 점쟁이와 구별이 쉽지 않습니다. 처녀 보살이니 애기 보살, 선녀 보살이니 하는 데가 무당집인지 점집인지 구별이 안 갈 때가 많지요. 옛날에는 무당과 점쟁이가 엄격히 구별되었는데 요사이는 구별이 사라져버렸답니다.

굿이라는 것은, 어느 민족을 막론하고, 신에게 무엇이 이루어지기를 바라기 위해서 하는 의식입니다. 신은 인간들이 뭘 바란다고 공짜로 척척 들어주지는 않습니다. 그렇다면 신이 좋아하는 것을 먼저 드리고 나서 (뇌물!) 소원을 이루게 해 달라고 빌어야지요. 신에게 무엇을 드리는 게 좋겠습니까? 인간들이 좋아하는 것이면 신도 좋아하겠지요. 이런 점에서 춤과 노래보다 더 나은 것이 있을까요? ≪조선풍속사≫를 쓴 강명관에 의하면 우리나라의 굿은 오락, 신기한 구경거리였다고 합니다.

점은 선사시대부터 보아왔다고 합니다. 앞으로 일이 어떻게 될지 궁금증이 생기게 마련이기 때문에 점은 영원히 사라지지 않을 것이라고 주장하는 사람들이 많습니다. 송기호에 의하면 점치는 것도 고대에는 국가의 중요한 큰일이었는데 이것이 점차 개인 차원으로 변해왔다고 주장하지요.

지금 이 글을 쓰면서 우리가 어렸을 때 왼손바닥에 침을 뱉어 오른손으로 그 침을 탁 쳐서 침이 튀는 방향을 보고 그쪽으로 가거나 가위, 바위, 보를 할 때 공연히 두 손을 비비 꼬면서 공중으로 난 구멍을 들여다보던 것이 생각이 납니다. 이렇게 보면 우리는 어렸을 때 점쟁이 아닌 사람은 없었을 것입니다.

왕실에서는 공식적으로는 점 같은 것은 금물이었으나 황실에 우환이 있거나 큰일이 터질 때는 점쟁이한테 가서 물어 보는 경우도 있었습니다. 26대 임금 고종과 민비는 점쟁이를 수도 없이 궁궐에 불러들이고 어떨 때는 나랏일도 점쟁이의 충고를 따르는 경우가 있었습니다. ≪난중일기≫에 보면 이순신도 점괘 뽑은 이야기가 여러 번 나옵니다. 퇴계(退溪) 이황도 식구들에게는 "점 같은 것은 멀리 하라."고 했지마는 먼 길을 떠날 때는 점괘를 보고 좋은 날을 정하겠다느니 하는 말이 나옵니다.

요새는 북극으로 제트 여객기가 날아다니는 세상. 신이고 귀신이고 보이지 않는데, 오래 있을 수는 없는 세상입니다. 그래도 우리 인간들은 꿈을 찾아, 행복을 찾아 있는지 없는지 알 수도 없는 그 신에게 복을 달라고, 행운을 달라고 제사를 드립니다. 우상숭배는 하지 말라지만 우리 인생에 눈물이 있고 한숨이 있는 한 또 아무것에서도 위안을 얻지 못할 바에야 우상숭배라도 해서 한 줌의 위안이라도 얻으면 얼마나 좋겠습니까. 행복을 빌러 나서는 길에는 한국 사람만이 나서는 것은 아닙니다. 인도 사람이건 중국, 일본 사람이건 저 멀리 남미 칠레, 페루 사람이건 아무런 차이가 없습니다.

(2020. 12.)

탈북

요사이 나는 탈북을 한 사람의 삶의 터전을 대한민국으로 옮긴 데 대한 경험담을 이야기해 주는 이만갑의 〈이제 만나러 갑니다〉라는 프로그램을 열심히 보곤 합니다. 물론 컴퓨터의 유튜브라는 걸 통해서지요.

그전에는 탈북을 한 사람들의 이야기에 그다지 큰 관심이 없었습니다. 그런데 우연히 어떤 탈북자가 두만강을 건너 중국에 잠입, 죽을 고비를 수십 번 넘기면서 미얀마 국경을 넘어 태국으로 가서 한국행 비행기를 탄 이야기를 듣고 다른 사람들의 탈북 이야기도 이처럼 구구절절 어렵고 가파를까. 도저히 믿기지 않아서 자꾸 더 보기 시작한 것이 나를 탈북 이야기의 중독자로 만들게 된 것입니다.

북한 주민들의 탈북을 하게 된 이유라든가 과정은 제각기 서로 다릅니다. 그러나 내가 텔레비전을 통해서 본 탈북한 사람들의 이야기에는 몇 가지 공통점을 찾아볼 수가 있었습니다. 첫째, 이들 탈북을 결심한 동기는 심한 배고픔과 자유 때문이었습니다. 굶주린 창자로 오래 버틸 사람은 없습니다. 그러니 먹을 것이 없는 상태에서 벗어나고자 하는 욕구가 생긴다는 것은 너무나 당연한 것이지요. 옛말에도 백성이 살아가는 데는 먹는 것이 으뜸이다(食爲民天)이라는 말이 있지요. 조선 정조 때 다산(茶山) 정약용이란 선비는 굶으며 살아가는 백성들의 삶을 슬퍼하고 수많은 그의 저서에서도 늘 백성들의 가난과 굶주림에 많은 지면을 할애했습니다.

나는 탈북한 사람들이 말하는 북한 생활 중 또 하나의 공통점은 이웃도 믿지 못한다는 강한 불신감입니다. 북한은 마을 사람들끼리 오순도순 사이좋게 살아가는 화목한 사회가 아니고 언제고 바로 옆집 사람이 나의 비행(非行)을 기관에 비밀히 일러바쳐 내가 언제고 잡혀갈지 모르는 서로 못 믿을 사회, 무서운 마을로 이뤄진 것 같습니다. 사회를 뭉치는 근본 힘은 화목한 가족들 간의 사랑과 신뢰에서 동네 사람들끼리 오순도순 사는 데서 나오는 것입니다. 이웃과의 믿음이 무너지면 동네가 공동체로서 무너지는 것이니 겉모양으로만 마을이지 마을 같은 마을이 끝난 지는 옛날입니다.

한 가정이나 마을이 모두 김정은 수령을 위해서 살아가야 하는 것도 아니며 봉건사회처럼 봉건주에 속한 신민으로 살아가는 것도 아닙니다. 오늘날 수백 년 전 왕의 신민으로 사는 것과 같은 마음자세로 살아야 한다는 것은 태곳적 동굴 생활로 돌아가는 것과 마찬가지가 아니겠습니까.

북한 주민들이 남의 물건을 훔쳐 가는 버릇은 남한의 두세 배가 넘는 것 같습니다. 과장해 볼까요. 남한이 '눈 감으면 코 베가는 세상'이라면 북한은 '하품하면 금니 빼가는 세상'이라고 할 수 있겠지요. 한때는 남한도 남의 물건을 훔쳐 가는 버릇은 극히 높았습니다. 대부분의 북한 주민이 먹고사는 데 극심한 어려움을 겪고 있다는 것을 생각하면 남의 물건을 훔쳐 가는 것을 너무 나무랄 것은 아니라고 생각합니다. 정직성이니 윤리니 하는 것도 먹는 것이 만족되었을 때 말할 수 있는 게 아닙니까. 문제는 남과 북 두 사회가 서로 극단적으로 다른 생활 수준이 오랜 세월 동안 지속되다 보면 남과 북이 서로 질적으로 다른 집단이 되고 말 것이고, 이렇게 되면 통일은 점점 어렵게 되지는 않을까 걱정입니다.

나는 탈북한 사람들이 대한민국에 와서 그들이 보기에 너무나 놀라울 정도의 물질적 풍요에 매혹되어 '대한민국은 천당이다'는 생각이 들어 남한에는 굶는 사람들도 없고, 도둑질하는 사람도 없고, 일자리 없는 사람도 없는 지상낙원으로 착각하는 사람들이 너무 많을까 걱정됩니다. 기대가 크면 실망도 큰 법. 이제 탈북자들이 대한민국과 신혼의 단꿈에서 깨어나면 목숨을 걸고 남쪽 나라로 내려 온 것에 대한 실망하는 이도 간혹 있을 것이 아니겠습니까. 모든 것은 흐르는 세월이 말해 줄 것입니다.

(2021. 5.)

4부

말무덤(言塚)

말무덤(言塚)

'말[言] 무덤'이 있다는 얘기를 들어봤습니까? 박대우가 쓴 ≪우리말 항아리≫를 보면 퇴계(退溪) 이황의 어머니가 하루는 어린 퇴계에게 (어릴 때는 서홍이라고 불렸습니다.) '말 무덤' 이야기를 한 것이 나옵니다.

퇴계의 어머니 친정 마을 대죽리(한대마을)에 김씨, 박시, 유씨, 최씨, 채씨가 대를 이어 살았습니다. 사소한 말 한마디가 씨앗이 되어 싸움이 그칠 날이 없었답니다. 그러던 어느 날 그 마을을 지나가는 어느 도사(道師) 한 사람이 '말 무덤[言塚]을 하나 만드시오.'라고 권했답니다. 그 말을 듣고 애당초 시작이 된 말을 그릇에 담아 깊이 묻으니 마을이 평온해지고 두터운 정을 나누게 되었답니다.

젊은 사람들은 말도 안 되는 말이라고 웃어넘겨 버리겠지만 나 같은 늙은이야 재미있다기보다 말 때문에 얼마나 많은 사람이 고생을 했는가, 돈도 거의 안 드는데 한 번 해보는 것도 괜찮을 것 같은 생각이 듭니다.

인간의 역사는 곧 말[言]의 역사입니다. 우리의 사회생활이란 것도 말로 하는 것이고 정치활동도 말로써 이루어지는 것이 아닙니까? 인간이 동물과 가장 뚜렷하게 구별되는 점은 인간은 말을 할 줄 안다는 것입니다. 동물도 제 나름대로 서로 통화를 하고 자기 입장을 알리는 수단이 있다하나 사람의 말처럼 발달되거나 분화되지는 못했다고 봅니다. 사람이 태어나서 말을 얼마나 빨리 시작하고, 또박또박 잘하고 못하는 것은 그 사람 장래에 일반 능력과 매우 밀접한 관계가 있다고 합니다.

내가 보기에는 우리나라에서 말을 제일 잘하는 사람들은 국회의원들이지 싶습니다. 어떤 사람은 국회의원들은 말을 많이 하지만 대부분이 내용이 없는 거짓, 과장, 아니면 왜곡된 말을 하기 때문에 말을 많이 하기는 하되 말을 잘하는 것으로 볼 수는 없다고 주장합니다. 다분히 그 주장도 일리가 있는 말입니다. 큰 도둑들은 다르다더니 정말인가 봐요. 거짓말을 해도 어찌 그리 의젓하게 얼굴 표징 하나 변하지 않고 그토록 태연하게, 그렇게 오랫동안 늘어놓을 수가 있나요? 말을 잘 못 하는 나 같은 사람에게는 경이로울 뿐입니다.

사람이 말하는 것과 행동하는 것을 보면 서로 다른 경우가 많습니다. 말은 정직해야 한다고 하지만 기회만 있으면 거짓말을 하고 도둑질을 하는 사람들이 많지 않습니까? 문자를 쓰자면 언행일치

(言行一致), 즉 말하는 것과 행동하는 것이 차이가 나지 않는 사람을 만나기는 매우 어렵다는 말이지요. 그래서 동양의 선비들은 군자는 말을 신중하게 해서 언행일치하는 사람이 되라고 가르쳤지요.

세상 사람들이 입들만 성하여서
제 허물 전혀 잊고 남의 흉을 보는구나
남의 흉보지나 말고 제 허물을 고치고져.

위의 시조는 인조의 셋째아들, 그러니까 17대 임금 효종의 동생이 지은 것으로 알려져 있습니다마는 확실한 것은 아닙니다. 남의 흉보기에만 바쁘게 보내지 말고 자기 허물이나 고치라는 경고성 시조입니다. 내 생각으로는 사람이 남의 험담을 좋아하는 것은 험담을 하는 사람에게 여러 가지 이점이 있습니다. 첫째 남의 험담을 함으로써 자기는 그 험담 내용 같은 것은 하지 않는 사람이라는 것을 알리는 것이니 우수한 사람이란 말이지요. 남의 험담을 얘기하는 순간은 자기 자신의 흠은 잠시 잊어버릴 수 있습니다. 둘째로, 남의 험담을 할 때는 보통 험담의 주인공은 그 자리에 없으니, 험담을 듣는 사람끼리 동류감이랄까, 단결심을 강화하는 계기가 됩니다. 사람들은 남의 허물에 더 재미있고 신경을 곤두세워 듣습니다. 언론이 좋은 예지요. 남의 잘못을 써서 대서특필하는 신문이 인기가 더 있지 않습니까. 앞의 시조는 도덕적으로는 아무런 문제가 없으나 인지심리학으로 보면 문제가 큰 시조입니다. 첫째 자기에 관해서 있는 그대로, 과장이나 왜곡 없이, 정확하게 볼 수 있는 사람이 이 지구상에 몇이나 될까요? 인지심리학을 따르면 사람들은 자기 자신을 바로 보질 못하고 긍정적인 특성은 남들이 자기를 보는 것보다 더 많은 것으로, 부정적인 특선은 남들이 자기를 보는 것보다 더 적은 것으로 축소해버린다는 것입니다. 자기를 지나치게 긍정적으로 보기 때문에 '긍정적인 착각'이라고 합니다. 이렇게 자기 자신을 착각하는 것은 당신이 건강한 사람들에게서 선천적으로 나타나며, 남들과 자기가 자기 자신을 보는 것에 차이가 적은 사람은 우울증 같은 정신적으로 건강하지 못한 사람에게 더 많답니다. 그러니 마태복음 7장에 "어찌하여 형제의 눈 속에 있는 티를 보고 네 눈 속에 있는 대들보는 깨닫지 못하느냐" 같은 말씀이나 희랍의 철학자 소크라테스가 남긴 말 "너 자신을 알라" 같은 것은 인지심리학으로 보면 맞지 않은 말들이지요.

말 무덤을 어디에 만들까요? 백두산이 좋겠으나 무덤 하나 만들려고 거기까지 갈 필요는 없고 (빨갱이로 몰려 구설수에 오르는 위험도 있고) 한라산은 바다를 건너야 하니 너무 불편하고, 내 생각에는 지리산이 좋을 것 같습니다. 지리산 천왕봉 밑에 말 무덤을 만들면 말 많고 억세기로 이름난 경상도, 전라도 도민들의 참여가 높을 것 같은데요. 말 무덤 파이팅!

(2020. 9. 20)

캔버스(Canvas)에서 화선지로

근원(近圓) 김용준은 뛰어난 동양화가이자 미술 평론가였습니다. 6·25사변 전에 서울대학교 미술대학 교수로 있던 그는 명수필가요 또한 명문장가였지요. 그의 저서로는 수필집 외에 조선 미술대요〉가 있습니다. 그의 수필집 ≪풍진 세월 예술에 살며≫는 내 서재에서 10년 넘게 VIP 대접을 받으며 50번 이상 들랑날랑했지 싶습니다. 이제는 책장을 잘못 넘기다가는 여러 장이 한꺼번에 우르르 뽑혀 나옵니다.

근원은 일찍이 일본으로 건너가 동경미술학교에서 우등생으로 서양화를 전공하고 조선에 돌아와서는 왜색과 서양 풍조에 취해버린 예술계 풍조에 실망하여 동양화로 바꾸었습니다. 동양화로 바꾼 이면에는 다음과 같은 이야기가 전해 옵니다. 일본 유학 시절, 고향에 잠시 다니러 온 근원이 친구 집에 들렀습니다. 친구의 아버지는 한학을 공부한 분으로 그때 그의 사랑방에는 조선 후기의 화가 오원(五園) 장승업의 〈어해도(魚蟹圖)〉 열 폭 병풍이 쳐져 있었다고 합니다. 그 그림이 주는 생동감에 홀려버린 젊은 미술학도 근원은 "저 그림은 누가 그린 그림입니까?"고 주인에게 물었답니다. 그러자 친구의 부친은 "야, 이 사람아 조선의 화가 오원(五園) 장승업도 모르나. 자네는 조선 그림도 모르면서 서양 미술을 공부하러 일본까지 갔다지. 순서가 잘못되었네그려…." 하고 핀잔을 주더라는 것입니다. 집에 돌아오자 그는 팔레트(palette)를 버리고 벼루에 먹을 갈기 시작했다는 이야기입니다.

'노시산방(老柿山房)', 늙은 감나무가 있는 집이라는 당호도 덤으로 하나 가지고 있었던 그는 6·25 한국전쟁이 일어나자 월북을 하였습니다. 월북이 자의에 의한 것인지 타의에 의한 것인지 분명히 밝혀지지는 않았습니다. 일설에는 근원의 부인이 월북을 권했다는 이야기도 있지요.

근원과 아주 비슷한 이야기가 또 하나 있습니다. 2020년 현재 서울대학교 미술대학교 동양화 교수로 있는 단아(旦兒) 김병종도 서양화에서 동양화로 옮긴 계기가 근원과 꼭 같은 '사건' 때문이었던 것으로 기억하고 있습니다. 즉 그도 우연히 친구 집에 갔다가 한 폭의 동양화가 눈에 띄어 누구의 그림인지를 친구 부친에게 물어보다가 소위 미술한다는 사람이 그것도 모르느냐는 '모욕'을 받은 것이 계기가 되어 팔레트(palette)를 버리고 화필을 잡게 되었다는 이야기지요.

서양 미술이나 음악에서 동양 미술이나 음악으로 바꾼 사람들의 계기에 대해서는 근원이나 단아 말고도 몇 사람이 더 있으나 눈여겨 읽거나 듣기를 않았기 때문에 지금 당장 생각나는 사람은 없습니다. 말 한마디, 단 한 번의 극적 경험으로 서양에서 동양으로 말(馬) 갈아탔다고 해서 그 예술가의 내면세계가 그리 간단하다는 것은 아닐 것입니다. 그 일이 있기 오래 전부터 이 예술인은 자기 예술에 대한 지극한 사랑과 정서적 갈등을 겪고 있었을 것입니다. 이 대답 없는 물음을 놓고 자기가 추구하고픈 예술의 이상향, 이루고 싶은 예술적 꿈에 대한 진지한 고민을 하고 있었다고 봅니다.

근원이 말한 것처럼 예술이란 알고 보면 그리 특별한 것은 아닙니다. 배가 고프면 밥을 먹는 것과 같은 다반사에 불과하다는 말이지요. 식탁 앞에 앉은 사람이 어떠한 태도로 밥을 먹느냐는 것이 곧 예술 창작의 이론과 실제라는 것. 식탁 앞에 앉은 사람이 어떤 태도로 (점잖게, 아니면 얄밉게, 조촐하게, 아니면 지저분하게) 먹느냐는 것이 예술 행위의 이론과 실제라는 말입니다. 그러니 위대한 예술은 결국 완성된 인격의 반영일 수밖에 없습니다.

나는 예술에 대해서 고집 편견을 하나 갖고 있습니다. 즉 모든 예술에서는 천재 아니면 (나 같은) 바보 이 두 가지밖에 없다고 생각합니다. 그리고 이 천재와 바보 사이에는 아무것도 없습니다. 현실은 그렇지 않다는 것을 너무나 잘 알지만 나 혼자만의 고집이 그러한 것을 어떡합니까. 예술적인 능력도 다른 모든 인간의 특징처럼 정상분포 곡선으로 분포되어 있는지를 너무나 잘 알면서도 천재—바보로 이분하는 것은 말도 안 되는 소리지요. 그러나 예술적 능력은 턱없이 모자라는 사람이 예술적 욕망만 높은 나 같은 가련한 사람의 탄식으로 보면 어느 정도 이해가 되겠지만—.

(2020. 7.)

화인 나빙과 선비 박제가

나빙은 1733년에 나서 1799년에 죽은 화가의 이름입니다. 중국 강소성 양주 출신으로 독창적인 화풍을 자랑했던 양주팔괴(楊州八怪)의 한 사람이지요. 초정(楚亭) 박제가는 정조 때 살았던 천재 선비로 젊어서는 문학에, 30세 이후에는 경제학에 깊은 관심을 가지고 불후의 명저 ≪북학의≫를 펴냈으나 세상은 그를 알아주지 않았습니다. 그는 서얼 출신이었기 때문에 장래가 암담하였습니다. 그래서 그는 늘 고독하고 괴로웠다지요.

초정은 소위 백탑파라고 불리는 문학파, 지금의 파고다공원 주위에 사는 몇몇 사람들과 친교를 맺고 살았습니다. 그 외에는 북경에서 만난 화가 나빙이 있었습니다. 초정의 조선 사회에 대한 불만은 폭발 직전이었다고 합니다. 그를 살린 것은 임금 정조였지요. 초정이 30세 되던 해에 정조 임금에 의해 규장각 검서관으로 발탁되었습니다. 1790년 8월 초정은 북경에 가서 나빙을 만났습니다.

당신 나빙은 56세였고 초정은 40세였다고 합니다.

1801년 4번째로 북경에 갔을 때는 나빙은 이미 죽고 없었지요. 초정은 나빙이 있던 곳을 찾아가 제사를 지내며 곡을 하였답니다. 어떤 사람이 이것을 보고 놀라서 물었습니다. "당신은 멀리 조선에서 와서 돈을 없애가며 친구의 제사를 지내주오?" 선비 초정은 대답하였습니다. "인생에서 가장 중요한 것은 마음을 알아주는 벗이니 돈을 쓰고 안 쓰고는 따질 바가 아니오." 위의 사실로 보아 초정과 나빙은 언어의 장벽을 넘어서 두 사람이 우정을 나누었을 것이라는 생각이 듭니다. 이것이 우정이 아니라면 자기보다 16살이 많은 선배에 대한 초정의 존경이라 해도 좋겠지요.

우리는 우정이라 하면 관중, 포숙아처럼 어릴 적 호두 불알 시절부터 친해야 평생지기가 될 수 있다고 잘못 생각하고 있는 것 같습니다. 그러나 현실은 꼭 그렇지는 않은 것 같습니다. 예로 오성대감(백사 이항복)과 한음(漢陰) 이덕형의 우정은 기실 둘 다 성인이 된 후에, 결혼하고 나서 시작된 우정입니다. 6살 먹은 백사가 한음과 말 타는 놀이를 하는 이야기는 모두 만들어낸 말입니다.

요새 세상에서는 어릴 때 동무가 평생 친구로 이어지기는 무척 힘이 듭니다. 초등 – 중등 –고등 – 대학의 긴 여정을 모두 같이 지낸 친구는 천 명 중에 하나가 있을까 말까 하지요. 어느 단계에서나 갈라질 확률은 무척 높습니다. 대학부터는 본격적인 경쟁 사회가 되지 않습니까? 입학시험, 회사취업, 장학금 선발, 어느 것 하나 경쟁 없는 구석은 거의 없습니다. 사회가 발달할수록 경쟁은 점점 치열해지는 것 같습니다.

지금 세상은 초정이나 중국의 나빙이 살던 때와는 무척 달라졌습니다. 나는 어릴 때 아버님으로부터 다음과 같은 우정 이야기를 들었습니다. 즉 어떤 사람이 거짓으로 온 손에 돼지 피를 묻히고 친구 집을 찾아가 노크하고 '내가 살인을 했으니 어디 좀 숨겨달라'고 했답니다. 첫 번째 찾은 친구는 모른 척하고 문을 닫아버렸으나 다음 친구는 "어서 들어오게" 하며 친구를 숨겨 주더라는 것입니다. 아버님의 '친구'는 잘못도 숨겨 주는 사람이 진짜 친구라는 말이지요. 그러나 요새에 친구라고 숨겨 줄 사람이 어디 있겠습니까? 요새는 진정한 친구라면 살인했다는 친구의 마음을 우선 가라앉히고 그를 잘 타일러서 빨리 경찰에 자수를 권하는 사람이 아니겠어요?

초정과 나방이 살던 시대는 지금에 비하면 극히 단순한 농경사회였습니다. 그렇다고 나빙이 살던 집을 찾아가서 문상을 했다는 것은 그리 쉬운 일은 아닙니다. 초정과 나빙이 애당초 어떻게 우정을 맺었을까요? 내 생각에 나빙은 당시 이름난 화인으로서 조선에서 신사상으로 이름을 날리고 있는 초정의 문장에 무한한 매력을 느꼈을 것이고 초정은 나빙의 양주팔괴의 기운과 정신 속에서 숙성된 고독을 발견하고는 마치 자석처럼 달라붙게 되었다고 생각합니다. 양주팔괴의 예술적 정신은 자신과 주위에 대해 비타협적이고 반항적 태도를 취하는 것이었다면 이러한 생활 태도와 탈속(脫俗) 정신에 어릴 때부터 젖어온 박제가는 자신에 대한 불만, 반항적 기질과 맞아떨어져서 급격하고도 뜨거운 우정으로 돌진하지 않았나 생각됩니다. 암튼 조선에서 이렇다 할 사상적 대접을 받지 못하고 있다고 생각하던 초정은 당시 동양문화의 중심지라고 할 수 있는 북경에 가서 강렬한 고독성과 예술을 제시하는 나빙을 만나자 첫눈에 반해버려 둘은 막역한 우정의 세계로 발전하지 않았나 싶습니다.

평생 5,6번 만나서 우정이라고 떠들어대기는 북한의 김정은과 미국 대통령 도널드 트럼프의 우정 같은 무리도 있겠습니다. 그러나 초정과 나빙의 인간관계는 통상의 이해관계를 뛰어넘는, 한 점의 정치적 계산도 없는, 순정 그대로의 우정인 것입니다. 이 둘 사이에는 시(詩), 아니면 글씨(書), 아니면 그림(畵)에 대해서 서로가 느끼는 관심도 무시 못할 매체로 작용하지 않았을까 하는 생각도 해 봅니다. 이것을 사랑으로 옮겨놓으면 아가페적인 사랑이라 할 수 있을까요?

(2020.)

권위 의식

벌써 반년이 훽가닥 지나갔습니다. 어릴 때 안동에서 중학교를 함께 다니던 동창생으로 서울에 사는 친구 H가 전화를 했습니다.

H는 2개 대학교에서 총장을 지낸 녀석. 그래서 나는 재미로 그를 'H총장님' 하고 깍듯이 '님'자에 힘주어 부릅니다. 내용인즉 나의 대학교 은사 C가 올해 아흔다섯이 되는데 오는 11월 그의 생일에 그가 설립한 '행동과학연구소'가 주최가 되어 그의 장수를 축하하는 큰 잔치를 계획한다는 것. 그러면서 하는 말이 내가 붓글씨를 한 폭 써 드리는 게 어떠냐는 것입니다. 나는 C교수를 대학 은사 중에서 가장 존경하는 교수로 생각하고 있기에 기꺼이 헌시(獻詩) 한 수를 붓글씨로 써서 보내겠다고 약속했습니다. 내가 지은 헌시 3연(聯) 중 마지막 연은 다음과 같습니다.

… 누가 인생을 일러 꿈이라 하였던가

오늘 같은 날이라면 꿈인들 어떠하리

인생은 낙화유수 봄날처럼 사옵소서

– ○○선생 사은 잔치에 도천 이동렬 삼가 짓고 쓰다

문제는 낙관. "○○선생 사은 잔치…"에 ○○선생님 하고 '님'자를 넣는 게 좋지 않을까? 하는 생각이 들었습니다. 요새는 운전기사도 "어이, 김기사…" 했다가는 돌아오는 대답도 없다는데 "선생 사은 잔치에" 님 자를 넣는 것이 건방지다는 후환을 방지하는 계책일 것이라는 생각도 들었습니다. 그러나 내가 평소에 '님'을 남용하는 것을 비난해 왔는데 '님'자를 붙이자니 왠지 느끼하고 아양이나 떠는 것 같아서 그냥 "○○선생 사은 잔치에"로 쓰고 말았습니다.

요새는 서양에서 불어오는 민주주의인가 인권 평등사상 때문인지 나라 안의 모든 직업이 일계급 특진하여 온 사회가 꿈틀거리는 것 같습니다. 우선 대학 선생은 내가 유학을 떠나기 전에는 선생님뿐이었는데 어느새 교수님이 되어 있고, 간호부 혹은 간호원은 간호사님으로 바뀐 지 옛날, 청소부는 환경미화원님으로, 운전수는 운전사, 운전기사를 거쳐 기사님으로 승급되었습니다. 이대로 가다가는 죄를 지어 감옥살이를 하고 있는 죄수도 그냥 죄수가 아니라 죄수님이라고 '님' 자를 붙여야 할 것 같습니다.

유일하게 진급이 안 된 데가 대통령이지요. 옛날에는 대통령 각하였는데 그 사이 '각하'는 간다 온다 말도 없이 슬며시 우리 곁을 떠나고 말았습니다. 한국 사람들은 그 엄청난 권위의식 속에서도 겨울의 인동초(忍冬草)처럼 평등의식을 확보하려는 당찬 의지로 대통령을 한 단계 끄집어 내렸습니다. 그러나 다른 직업들은 모두 일 계급 특진이 되었습니다. 본래 그랬어야지요. 대통령이면 됐지 각하는 또 뭡니까. 다 아첨배들의 소행이라고 생각합니다.

한국 사람들이 나이를 따지고 권위의식이 높은 이유는 어디에서 온 것일까요? 내 생각으로는 가족 관계에서 시작된 것 같습니다. 위계질서와 나이를 중요시하는 가족 관계가 유교의 가르침에 힘입어 더욱 더 강화가 된 것 같습니다. 가족주의에서는 효(孝)사상이 가정의 핵심을 이룹니다. 효란 자식, 특히 아들이 부모에게 정성을 다해서 봉양한다는 말입니다. 맨 꼭대기에 앉은 아들은 동생들을 잘 보살피고 보호해 주어야 합니다.

조선의 위정자들은 가정의 효 개념을 정치에 이용했습니다. 즉 가정에서는 효(孝)이고 국가에서는 충(忠)입니다. 국가는 가정의 연장으로 보기 때문에 이승만은 국부(國父), 그의 처는 국모(國母)로 부르는데 아무런 문제가 없었지요. 가정에서 위계질서를 유지하는 방법이 그대로 사회생활에 적용되어 회사에서 평직원은 집에서 아우가 형의 말을 따르듯이 평직원은 과장 말을 잘 따라야 하고, 과장은 부장의 말에 복종할 것을 기대합니다. 조직 사회에서는 '직위=사람'이 되어 계장님, 과장님, 국장님, 사장님 하며 호칭이 곧 사람을 대신합니다.

한국 사람들이 권위의식이 높은 또 하나의 이유는 감투에 대한 동경 때문인 것 같습니다. 내 생각으로 한국 사람만큼 감투를 밝히는 민족은 없는 것 같습니다. 한 조직의 어른이 되면 인간적인 대접도 달라지는 것 같습니다. 한번은 어느 대학의 대학원장과 꺼벙한 술집에 갔는데 문을 열고 들어서자 주인아주머니가 "얘들아, 원장님 오셨다."라고 하며 암행어사 출또 외치듯 큰소리로 알리니 이 원장님은 고객 이상의 대접을 받고 있구나라는 것을 대번에 알 수 있었습니다.

이 감투에 대한 동경은 어디에서 온 것일까요? 나는 인간들이 여럿이 한데 모여 살 때 그러니까 동굴 생활을 할 때부터라고 생각합니다. 인간은 사회생활을 하며 우두머리는 더 넓은 주거 공간과 본마누라 외에 여러 명의 처첩과 많은 특권, 그리고 많은 재물을 가질 수 있었습니다. 517년 조선 역사를 통해서 자신의 지위를 드높이고 가문의 영예를 끌어올릴 수 있는 유일한 길은 과거(科擧)에 급제하는 것이었습니다. 과거에 급제해야 벼슬에 나갈 수 있고 벼슬을 해야 자기 자신뿐만 아니라 그 일가족에게도 존경과 부러움의 대상이 되는 물적, 심적 풍요로움이 따르지 않습니까. 이와 같은 과거에 급제를 동경하는 마음이 감투를 얻으려는 열성으로 옮겨 간 것이 아닌가 하는 생각이 듭니다.

민주주의의 꽃이 활짝 피자면 인간의 평등의식이 만개되어야 합니다. 평등의식의 꽃이 활짝 피자면 지금 우리 앞에 놓인 언어의

혁명이 일어나야 한다고 봅니다. 대한민국 국회 법사위에서 회의하는 것을 본 적이 있습니다. 이건 회의가 아니라 개[犬]들 몇 마리가 으르렁대며 싸우려는 꼴이라고 할 정도로 험악한 장면이었습니다. "왜 나를 ××씨로 불러?" 자기를 "…의원님"이라고 불러야 한다는 말이지요. 호칭을 두고 한바탕 싸우는 의원도 있고 "나이도 어린 사람이…" 하며 밥그릇을 무기로 공격하는 의원도 있었습니다. 나중에 들으니 "나이도 어린 사람이…"로 공격받은 사람 나이가 몇 살 더 위였다고 합니다.

우리 말을 상대방에 따라 표현방식이 달라지고 매우 복잡합니다. 문장 자체가 아래와 위, 높은 이와 낮은 이, 주인과 도우미를 함축하고 있는 것이 많습니다. 진정한 민주주의의 꽃이 피자면 쓸데 없는 권위주의는 사라져야 합니다.

네덜란드의 비교문화학자 홉스테드(G. Hofstede)가 쓴 ≪세계의 문화와 조직≫을 보면 우리나라는 세계 다른 여러 나라와 비교해서 놀랍게도 권위주의가 그다지 높지 않다는 보고가 있습니다. 권위주의가 낮은 사회에서는 콘도미니엄의 청소부가 그 콘도미니엄 소유자와 굽신거리지 않고 지낼 수 있는 분위기가 형성된 사회지요. 우리에게는 퍽 가까워 보이는 곳 같아 보이지만 생각보다는 멀지요. 멀다기보다는 까마득하지요. 까마득하기보다는 아직 안 보이지요.

(2020. 12.)

조선의 임금 이야기

조선조의 임금은 장자 승계, 즉 맏아들로 이어지게 되어있습니다. 그런데 반드시 그런 것은 아니었지요. 조선 임금 27명 중에 맏아들이 임금 자리를 물려받은 경우는 27명 중에 단 7명뿐입니다. 도대체 누가 맏아들로 정규 승계를 했는지 적어 볼까요. 6대 단종, 10대 연산군, 12대 인종, 13대 명종, 18대 현종, 19대 숙종, 27대 순종, 이렇게 7명입니다.

임금 자리를 놓고 서로 자기가 앉겠다고 형제간에 다툼은 건국 직후부터 있었습니다. 이성계의 다섯째 아들 방원이 두 번이나 '왕자의 난'을 일으켜 첫 번째 난에서는 이복형제인 방번과 방석, 참모 정도전과 남은을, 두 번째 난에서는 동복형제 방간을 잡아서 귀양 보냈습니다. 형제들이 피를 흘리며 싸운 것은 단 한 가지 이유, 즉 임금 자리에 대한 권력욕구 때문이었지요.

조선에서 임금 자리를 놓고 형제간에 무력투쟁을 벌인 것은 이

방원이 처음이자 마지막이었습니다. 무력투쟁까지는 가지 않더라도 그대로 있다가는 무슨 일이라도 터질 것 같아 결국 형제 중 하나가 귀양을 가게 되어 사약을 받은 사람은 선조의 아들 임해군이었습니다. 성질이 난폭하고 거칠었던 형 임해군은 "임금 자리는 본래 내 것이었다."는 말을 마구하고 다녀서 임금 자리에 올랐던 동생 광해군이 그를 유배 보내서 사약을 내렸습니다. 임해군은 임진왜란 난리 중에도 일본군과 장사하여 돈을 벌 정도로 기강과 윤리도덕 기준이 형편없는 개차반 젊은이였습니다.

형제간에 임금 자리를 두고 다퉜다고 할 것까지는 없지만 형제간에 관계가 소원해질 뻔한 왕자들이 있습니다. 세종의 형 양녕대군입니다. 양녕은 세자 시절에 태종이 물러나는 날에는 그 뒤를 이을 후보 제1호였습니다. 그러나 행실이 지나치게 자유분방하고 태종의 마음에 들지 않아 세종으로 갈아치운, 어떻게 보면 비운(悲運)의 세자였습니다. 아버지 태종이 살았을 때는 양녕은 광주에 쫓겨가 있었습니다. 태종은 사람들이 양녕대군과 내통하는 것을 일절 금하였습니다. 그러나 민간에서는 양녕에 대한 동정론이 살아있고 양녕대군 역시 자기의 꿈을 완전히 버리지는 않았습니다. 태종의 부인 민비도 장남에 대한 기대를 끝내 버리지 못하고 있었다지요. 그러나 세간에서 양녕이 임금이 되기 싫어서 일부러 망나짓을 했다느니 세종에게 왕위를 양보하기 위해서 그랬느니 등등의 미담(美談)을 만들어 퍼뜨리는 것을 보면 재미있고 우습게 생각됩니다.

27명의 임금 중에 치세를 잘한 임금은 누구일까요? 치세를 잘했다, 못했다 하는 기준은 사람마다 서로 다른 것입니다. 역사학자들이 보는 눈은 우리네와는 다르겠지요. 그러나 사학자들 간에도 큰 차이가 있을 수 있습니다. 그러므로 나는 내가 생각하기에 생각이 가장 반듯한 사학자 천고(遷固) 이덕일의 의견을 따르기로 했습니다. 천고는 조선의 최고 임금으로 세종과 정조를 꼽습니다. 세종은 한글 창제뿐만 아니라 백성을 위한 좋은 정책을 많이 실현했습니다. 백성에 의한 치국은 거의 없던 시국에 오늘날의 여론조사 같은 것을 실시해서 민의(民意)를 살폈고, 백성을 위한 정치에서는 세종을 따를 임금은 없었지요. 그렇다고 세종이라고 실책 없는 법은 없지요. 수령고소금지법을 만들어 역모 이외에는 어떠한 불법행위가 있더라도 백성은 수령을 고소하지 못하게 한 것, 이것은 세종의 명백한 실책(失策)이라 할 수 있습니다. 둘째, 신분제도에 있어서 종부법을 따르지 않고 종모법(從母法)으로 환원한 것이 큰 실책이라고 할 수 있지요. 이 종모법으로 노비의 수가 불어났으며 조선이 멸망할 때까지 사회발전을 막는 중요한 원인의 하나가 되었습니다. 조선의 기득권층은 종모법을 따르면 많은 노비를 생산할 수 있어서 언제나 천인 종모법을 주장했는데 세종도 이 기득권 세력의 힘에 굴복당한 것이지요.

22대 정조는 세종 버금가는 성군이라는 주장에 큰 반대의견은 없을 것입니다. 정조는 뒤주 속에서 죽은 사도세자의 아들입니다.

한(恨)이 너무 많은 인물이 집권하면 성공적인 정치를 하기는 어렵다고 합니다. 정조는 아버지 사도세자의 한을 품고 왕위에 올랐으나 처삼촌 되는 홍인한, 정후겸 등 몇몇 소수 세력만 제거하고는 정치적 보복은 하지 않았습니다. 정조를 죽이려는 노론 벽파의 끈질긴 노력은 정조가 임금이 되고 나서도 그치질 않았습니다. 예로 정조가 임금이 되고 1년 안에 정조를 죽일 계획이 2번이나 있었습니다. 두 번 다 정조가 잠을 자던 존현각 지붕 위로 자객들이 잠든 정조를 살해할 계획을 옮기려다 실패한 것입니다. 정조가 밤늦게까지 책을 읽는 습관이 그의 목숨을 구해준 것이지요. "옷도 벗지 못하고 자는 때가 몇 달이 되는지 모른다."고 실토할 정도로 암살 위협 속에서 살아야 했습니다. 배후 인물들을 조사해 보니 사도세자를 죽일 때 선도 역할을 한 홍계희의 아들과 손자들이었습니다. 이 암살 계획을 위해서 국왕의 호위무사, 내시, 상궁, 궁녀, 청소부까지 매수했답니다. 정조는 세손 시절 일기에서 다음과 같이 적었습니다.

잡거나 놓고, 주거나 빼앗는 것이 전적으로 저 무리들(노론 벽파)에 달렸으니 내가 두려워 겁을 내고 의심스럽고 불안해서 차라리 살고 싶지 않았던 마음을 상상할 수 있을 것이다. 흉도들이 내 거처를 엿보다 말과 동정을 탐지하고 살피지 않는 게 없었기 때문에 옷을 벗고 편안히 잠도 자지 못했다.

정조는 능력 위주로 인물로 뽑아 썼습니다. 다산(茶山) 정약용, 이가환, 초정(楚亭) 박제가, 청장관(靑莊館) 이덕무, 서이수 등 출세길이 막혀서 자기 능력을 발휘할 수 없던 서얼 출신 선비들에게 홍문관 검서관으로 들어가서 공부를 하고 국가정책을 토의할 기회를 주었습니다. 바야흐로 조선에는 실사구시(實事求是)의 학풍이 불어오고 개혁의 의지가 꽃 피울 참이었습니다. 그러나 임금 정조의 갑작스러운 죽음이 이 모든 것을 백지로 돌려놓았습니다. 설상가상으로 영조가 66세 때 새 장가를 들어 15살 나이에 시집을 와서 평생을 처녀(?)로 지냈던 정순왕후(결혼 당시 신랑의 나이가 66세이니 다 갔지 않겠습니까?)는 사도세자를 죽이는 데 맨 앞장을 섰고 정조가 임금으로 있을 때는 복지부동(伏地不動)으로 있다가 정조가 죽은 다음에는 천주교 신자 수천 명을 학살하여서 조선을 다시 과거로 되돌려 놓았습니다.

우리가 고등학교에 다닐 때 교과서에 책 이름만 나오는 것인데 사도세자의 부인 혜경궁 홍씨가 썼다는 것으로 알려진 ≪한중록≫이 생각날 것입니다. 내가 이 책 이야기를 여기서 꺼내는 것은 그 책이 혜경궁 홍씨의 회한을 담은 책으로 생각하는 사람들이 많기 때문에 이에 참고의 말씀으로 드리는 것입니다. 혜경궁 홍씨는 그의 아버지 홍봉한이 영조가 사도세자를 뒤주 속에 가두어 죽이려 했을 때(뒤주를 구해 바친 사람이 바로 홍봉한이었습니다.) 울며불며 아버지한테 달려들지는 않았다고 합니다. (세상에! 딸을 과부로 만들면서까지 당론을 따르다니) 사가들 중에는 혜경궁 홍씨도 사도세자를 제거하는 데 자신의 친정아버지처럼 적극적이지는 않았으나 노론 벽파의 당론을 따르는 정도로 사태를 묵인 방조했다고 주장하는 이도 있습니다.

그러니 사학자 이덕일에 따르면 ≪한중록≫은 남편을 잃은 설움과 한을 적은 것이 아니라 망해가는 친정을 구하기 위한 정치적 백서에 지나지 않는다고 합니다. 〈한중록〉은 4편(번)이나 썼는데 1편은 정조가 살았을 때, 2,3편은 정조가 죽고 나서, 4편은 증손자이자 순조에게 보여줄 생각으로 썼다 합니다.

좌우간 조선의 임금은 현대 민주주의 국가의 대통령처럼 어느 한 세력에 팔려서도 안 되고, 어느 한 세력을 무시해서도 안 되는, 혜경궁 홍씨의 ≪한중록≫만큼이나 복잡한 심리적 계산이 깔려 있는 치세 법칙이 웅크리고 있습니다.

(2020. 11.)

암행어사

암행어사가 없는 시대에 암행어사의 이야기를 해보는 것도 재미있을 것 같습니다. 내가 암행어사를 영화로 처음 본 것은 중학교 때였습니다. 안동에서 중학교에 다닐 때 학교에서 단체로 가 보는 영화 〈춘향전〉이었지요. 그 영화의 주연배우 조미령에 반해서 그녀 때문에 고민을 했던 일이 생각납니다. 암행어사는 이 11살의 소년에게 참 멋있는 사람으로 보였습니다. 변 사또의 생일잔치에 "암행어사 출또!"를 외치자 잔치판은 순간에 난장판이 되고 그 당당하게 보이던 변 사또가 겁먹은 얼굴로 벌벌 떨던 장면이 어슴푸레 생각이 납니다. '암행어사 출또'를 외치던 이몽룡을 보면서 '나도 커서 저런 사람이 되어 봤으면' 하는 부러운 생각이 될 정도로 멋있는 사람으로 보였습니다. 그러나 내가 커서 성인이 되고 보니 '암행어사 출또'를 외치던 이몽룡도 30대의 애송이였으니 인간이 좀 덜 된 용렬한 놈이라는 생각밖에 안 들었습니다. 생각해 보십시오. 춘향이는 지금 옥에서 칼을 쓰고 갇혀 있다는 것을 번연히 알면서도 제가 출세했다는 것 한번 보여주려고 장모를 찾아가서 거지행세를 하고, 옥중에 있는 춘향이에게 온갖 너스레를 떨었지 않았습니까. 춘향이를 진정 사랑한다면 옥에서 칼을 쓰고 있는 그 고통을 단 1초라도 빨리 줄여줘야지요. 이튿날까지 기다려서 한바탕 연극을 꾸미려는 녀석이 어찌 춘향이를 진정으로 위하는 사람이라 할 수 있겠습니까. 내가 보기에는 대단히 용렬한 놈이라는 생각밖에 들지 않습니다.

조선 11대 임금 중종 때부터 지방에 파견되기 시작한 암행어사 제도는 "내가 암행어사요" 하고 신분을 알리고 다니는 것이 아니라 문자 그대로 임금의 명을 받아서 몰래 지방에 가서 부패한 관리들을 다스리는 특정 관리를 가리키는 말입니다. 임금이 암행어사를 임명할 때는 임무를 적은 책, 그리고 역마를 증발하는 증명용 표지, 그리고 마패를 줍니다. 지름 10cm정도 크기의 마패에는 말을 그려놓고 '년 월 일'을 새겨 넣었습니다. 조선 초기에는 나무로 만들어졌으나 세종 때부터는 위조를 방지하고 부서짐을 막기 위해서 재료를 철재로 바꾸었다 합니다.

마패는 1~5마리의 말이 그려진 다섯 종류가 있었는데 2마리의 말이 그려진 것이 보통 암행어사들이 가지고 다니던 것이었습니다. 암행어사에서 가장 중요한 것이 자기의 진짜 신분을 감추는 것입니다. 그러나 조선 후기로 와서는 암행어사들 자신이 부패한 관리들이 많아서 은근히 자기가 암행어사라는 것을 알리고 다니면서 뇌물을 받고 성(性)대접까지 받은 암행어사들이 많았습니다. 도둑이 도둑을 잡는다는 것과 다를 게 없지요.

나는 암행어사 하면 으레 박문수를 떠올립니다. 박문수는 소론이면서도 당론의 폐해를 지적하고 당색을 초월한 인재등용을 주장한 인물입니다. 박문수는 특히 군세(軍勢)와 세금 정책에 밝았습니다. '박문수' 하면 암행어사로 통한 이유는 그의 강직한 성품에 있는 듯합니다. 박문수는 임금 앞에서는 바른말을 잘했으며 암행어사로 활약할 때는 엄정하고 공평한 일 처리로 백성들의 신망을 얻었습니다. 탐관오리에 시달리던 백성들이 그의 처사에 감격했음은 물론이지요.

나는 얼마 전에 박래겸이라는 선비가 125일간 평안도 지방에 암행어사로 다니면서 기록한 ≪서수일기≫라는 책을 읽었습니다. 이 ≪서수일기≫에 적혀 있는 기록은 다른 어느 기록보다도 생생한 암행어사의 모습을 담고 있었습니다. 거기에는 일기와 날씨, 경유한 장소, 명승지에 관한 감상, 해당 고을 수령의 성명 뿐만 아니라 다니면서 잠자리를 같이 했던 기녀의 이름까지 적혀 있었습니다. 그리고 그의 일기에는 암행어사의 신분이 노출될까에 얼마나 많은 신경을 썼는지도 잘 나타나 있습니다.

이런 일화가 있습니다. 1822년 순조 때 4월 평안도 지방을 돌던 박래겸이 어느 마을을 지나다가 길갓집에서 젖 달라고 우는 아기

울음소리가 들렸습니다. 그런데 할머니가 "울지마라 암행어사 오신다."고 하는 게 아닙니까? 박래겸은 넌지시 할머니에게 물었습니다. "아기가 어찌 암행어사가 무서운 줄 안단 말이요?" "말도 마시오. 요즘 이 고을에 암행어사가 출동한다는 소문이 파다합니다. 그 소문 때문에 관리들이 벌벌 떨고 있다오. … 암행어사가 평생 돌아다녔으면 얼마나 좋겠오. 우리는 그 덕택으로 살게 되지 않겠소." 사회의 한 단면을 잘 보여주는 장면인 것 같습니다.

암행어사 제도는 선조 때부터 19세기 말까지 3세기 동안은 '국민 여론수렴'의 유일한 수단이었다고 합니다. 박래겸이 만나 본 18세기 조선 백성들의 삶은 무척 고달팠고 가난했다고 합니다.

백성들의 얼굴이 누렇게 떠 있었고 구걸하는 나그네들이 많았다. 빈민구제책을 집행하는 정사가 너무 지나치게 추려내는 통에 백성들은 굶주림에 시달리고 호소할 길도 없다.

박래겸이 강서군에서의 일화가 가슴을 때리지요. 그의 일기는 다음과 같은 백성들의 서러운 사정이 담겨 있습니다.

곡식을 나눠주고 있었다. 몇몇 사람이 '받은 쌀의 빛깔이 나쁘다'며 '수령에게 고발하겠다'고 으름장을 놓았다. '근자에 암행어사가 온다는 소문이 자자한데 당신들이 이렇게 장난을 치는가. 질이 나쁜 곡식을 주고 하소연할 길마저 막히니 백성들은 어떻게 살라고 하는가?' 그러나 아전들은 콧방귀를 뀌면서 도리어 호통만 쳤다. '어찌 시끄럽게 구는가.' 그러자 백성들은 아무 말도 못한 채 흩어졌다.

어사 박문수가 암행어사로 다닌 것이 19대 임금 숙종 때였고 박래겸이 다니던 때의 임금은 23대 순조 때였으니 두 임금 사이에 100년 세월이 넘어 흘러갔겠지만 백성들의 삶에는 눈곱만치의 변화도 없는 것 같습니다.

암행어사들이 묘사한 조선의 풍경은 삶에 허덕이는 신음으로 가득합니다. 이들은 천천히 망해가는 조선의 꼴을 솔직하게 묘사해 냈습니다.

(2020. 9.)

애국자

애국심이란 무엇일까요? 애국심이 뭐냐는 물음 대신에 '애국자는 누구일까요?'를 먼저 물었어야 할 것 같은 생각이 듭니다. 요새는 너무 좌-우파니, 보수-진보니 하며 파벌 싸움이 심해서 진보는 걸핏하면 비애국자, 혹은 좌익 빨갱이를 몰리고 보수는 태극기 부대니 미친 애국자로 몰리는 판이니 "누가 애국자인가?" 하는 질문을 먼저 해보는 것이 더 나은 것 같습니다.

특정 이성(異性, 간혹 동성도 있지만)에게 사랑의 감정을 느끼는 사람은 애인(愛人) 혹은 연인(戀人)이라고 합니다. 국가에 대해서도 남녀 이성과 비슷한 사랑의 감정을 느끼는 것을 우리는 애국심(愛國心)이라고 하지요. 그러니 이성이나 국가에 대해서도 사랑의 감정을 밑바닥에 깔고 있다는 점에서는 별 차이가 없다는 말입니다.

우리는 어려서부터 나라 사랑, 즉 애국심을 갖게 하려는 여러 가지를 배웠습니다. 국기에 대한 존경을 표시하는 것은 물론이고 애국가를 부르고, 안중근, 유관순, 이순신 등 드러난 애국자들을 기리는 법을 배웠습니다. 한편 이완용, 박제순 등 을사오적은 애국자가 아니라 나라를 팔아먹은 매국노로 경멸하도록 배웠습니다.

자기 나라에 대해서 불평을 하거나 부정적인 마음으로 차 있다고 애국심이 없거나 애국자가 아니라고 말할 수는 없는 것 같습니다. 내가 유학을 떠날 때쯤 박정희 군사정권은 극히 사소한 일로 학생들을 잡아가서 두들겨 패고, 물고문, 전기고문으로 병신이 돼서 돌아오는 경우가 많았습니다. 이런 것을 보고도 정부에 대한 불평이 없다고 하면 우리의 정의감, 윤리·도덕 준거에 무슨 문제가 있는 것이 아니겠습니까.

애국심이 있는지 여부를 가장 쉽게 알 수 있는 순간은 국제 운동경기 응원 때인 것 같습니다. 다른 나라와 운동경기를 할 때는 보십시오. 온 국민이 너나 할 것 없이 모두 하나가 되어 열띤 응원을 하는 것을 보면 누구나 애국심을 가지고 있다는 것을 알 수 있습니다.

나는 애국을 하는 사람은 대략 두 부류가 있다고 생각합니다. 첫째 부류는 나라 사랑을 주로 말로써 하는 사람들이고, 둘째는 나라 사랑을 행동으로 표현하는 사람들인 것 같습니다. 물론 애국을 말과 행동 둘 다 하는 사람이 제일 많겠지요.

말로만 하는 애국은 지금부터 60년 전에 내가 보았던 일로 설명될 수 있겠습니다. 4·19혁명 때 나는 대학교 3학년이었습니다. 그날 우리는 수업을 거부하고 시가행진에 나갔습니다. 나는 선두에 리더로 나갈 인물은 못 되고 그냥 모두 나간다니까 나도 간다고 따라나섰습니다. 데모대가 중앙청에 이르렀을 때 선두가 경찰에 막혀 약 1시간가량 길에 주저앉아 있게 되었습니다. 연사 10여 명이 나와서 차례로 이승만 정권의 전횡을 나무라고 어떤 연사는 "총에 맞아 죽더라도 나는 결코 돌아설 수는 없다."라고 결연한 의지의 말들을 마구 쏟아놓았습니다. 교정에서 가끔 보는 녀석인데 '저 녀석이 저렇게 독한 놈이었던가…' 하는 생각도 들었습니다. 길이 트이고 데모대가 경무대로 가기 위해서 진명여고 앞을 지나갈 때였습니다. 갑자기 앞에서 경찰이 총을 쏴댔습니다. 순간 데모대는 사방으로 흩어지고 난리가 났습니다. 그런데 조금 전 중앙청 앞에서 열변을 토하던 그 웅변하던 녀석들은 어딜 갔는지 콧등도 안 보였습니다. 옆의 동료 데모대원의 말로는 중앙청 앞에서 일어설 때 다들 살살 빠져나가 버렸다는 말이었습니다. 이들의 행동은 말로만 하는 애국자들과 비교될 수 있을 것 같습니다.

어떤 일을 당해서 용감하게 앞에 나서서 연설했다고 해서 그가 연설한 내용을 실천하리라고 믿는 것은 큰 오해입니다. 물론 도산 안창호같이 말로도, 실제 행동으로도 애국을 보여준 사람도 많지만, 애국은 말로 하는 것이 아니라 행동으로 행하는 것입니다. 요새는 말로만 애국을 외치는 사람들이 너무 많은 것 같습니다.

또 한 가지 애국에 대한 나의 생각은 애국이라고 해서 꼭 적에게 대항해서 싸움을 하는 것은 아니라는 것임을 강조하고 싶습니다. 애국자 이름을 들어보라면 이순신, 안중근, 유관순, 강감찬, 을지문덕 등 모두 적과 싸우거나 항거한 사람만 애국자로 꼽는 경향이 있습니다. 나는 나라 사랑의 의미를 창의적인 예술, 학문, 스포츠 등에 세상에 이름을 떨친 이들까지 확장해야 한다고 생각합니다. 이를테면 다산 정약용, 성악가 조수미, 피겨 스케이터 김연아, 수영의 박태환 등 각자 자기 분야에서 열심히 노력하여 국제적 명성을 날린 사람들도 애국자 명단이 넣어야 한다고 주장합니다.

국군 묘지에 가면 무명용사의 비(碑)가 있습니다. 남의 눈에 띌 정도로 두드러진 활약은 없으나 성실하게, 성심껏 복무하다가 비운을 맞은 장병들의 묘지입니다. 이들과 마찬가지로 이름을 날리든 아니든 조용하게 성실하게 살아가면서 꼬박꼬박 나라에서 내라는 세금을 내고, 자녀들을 건설적인 사회구성원으로 키우며 말없이 정부가 하는 일에 힘을 실어주는 소시민이 많습니다. 이들은 문자 그대로 조용한 억조창생(Silent Majority)들입니다. 나는 이들도 큰 애국자들이라고 생각합니다.

이렇게 보면 국민의 대부분이 애국자가 아닌 사람이 드문 것 같습니다. 애국을 외치지 않아도 모두가 애국자인 세상에 구태여 애국하자고 외치는 사람들이 무엇을 노리고 저러는지 나는 잘 모르겠습니다. 미국 대통령 도널드 트럼프 같은 사람이야 애국을 밖으로 드러내놓는 것을 너무 강조했습니다. 그의 행적을 자세히 들여

다본 사람들은 그가 애국적인 일에 열심이었다기보다는 자기 돈 버는 일에 열심이었던 것으로 평가하고 있습니다. 이렇게 말하고 보니 나는 아무래도 말로만 애국하는 부류의 사람이 아닌가 걱정이 됩니다.

(2020. 12. 10)

다정불심(多情佛心)

고향 산천을 떠난 지가 벌써 반백 년이 지났습니다. 여름 하늘에 떠가는 흰 구름처럼 여기저기 돌아다니며 살면서도 그 사이 한시도 그 정든 산천을 잊은 적은 없습니다.

내 고향이라고 무슨 별다른 경치야 있겠습니까. 그저 한국 어딜 가나 볼 수 있는 산봉우리들이 빙 둘러 서 있고 그 사이로 강물이 비집고 흘러가는 풍광이, 내가 고향이라고 일컫는 곳입니다. 그런데도 나는 그 무심한 산하(山河)가 늘 그립습니다. 거기 가서 이 세상을 작별하는 눈을 감았으면 하는 생각을 자주 합니다. 왜 고향 산천이 이다지도 그리울까요?

내가 생각하는 이유는 딱 한 가지. 결론부터 말씀드리자면 정(情) 때문인 것 같습니다. 정(情)이 생겨나는 과정을 살펴보면 이해가 갈 것입니다. 지각 심리를 공부하는 사람들의 말을 들어보면 무슨 자극이든지 자주 보면 익숙해지고, 익숙해지면 친근감이 생긴

답니다. 예로, 아무 의미가 없는 자극도 자꾸 되풀이해서 보여주고 난 뒤, 나중에 그 자극을 다른 낯선 자극들과 함께 섞어서 보여주면 먼저 되풀이 보여준 자극이 더 긍정적인 평가를 받는다고 합니다. 이 말은 무엇이든 자꾸 만나면 호감이 생기고 호감이 싹트면 정(情)이 붙게 된다는 것이 아니겠습니까? '곰보도 자주 보면 미인'이란 속담이 생겨납니다. 세월의 이끼, 그것은 곧 정(情)을 이르는 말이지요.

내 서재에는 한국전쟁에 관한 사진첩 여러 권이 꽂혀 있습니다. 한국 E여대에서 은퇴하던 해에 은퇴 기념으로 샀다고 적혀 있더군요.

오늘은 코로나바이러스 때문에 집 안에만 갇혀 있으니 너무 갑갑해서 서가에서 먼지만 뒤집어쓰고 있는 그 사진첩을 꺼내서 여기저기 펼쳐보았습니다. 그 책에는 눈물 없이는 볼 수 없는 장면들이 한둘이 아니었지요. 그런 사진 중에 내 눈길을 사로잡은 사진 한 장이 있었습니다. 어떤 나이가 지긋한 어머니 한 분이 전선(戰線)으로 가는 아들을 보내는 장면이었습니다. 아들을 죽이고 살리는 그 전쟁터에 보내는 어미의 심정이 어떠했겠습니까? 아들을 바라보는 그 경건한 눈길, 평생을 쏟아부은 사랑, 영이별이 될 수도 있는 이 순간의 슬픔과 두려움, 문자로써는 도저히 표현할 수 없는 어머니의 처절한 염원, 이 모든 것이 용해되어 만들어낸 눈빛이었습니다. 아무리 인물 묘사에 뛰어난 화가나 배우라 할지라도 그 눈빛을 그려낼 수는 없을 것이라고 혼자 단정 짓고 말았습니다.

다정불심(多情佛心)이라는 말이 있습니다. 다정다감하고 착한 마음을 가리키는 말이지요. 아들을 죽음의 전쟁터로 보내는 그 어머니의 눈빛을 나는 다정불심으로 부르고 싶습니다. 그러니 내가 말하는 정(情)이란 것도 이 다정불심의 하위개념에 지나지 않는다는 말입니다.

인간은 태어나서부터 주위 사람들과 인연을 맺기 시작합니다. 우선 엄마를 위시해서 자기가 살아가는 데 도움을 주는 사람 몇몇일 테고, 자라면서 맺는 인간관계는 점점 더 많아지고 넓어질 것입니다. 이 아이가 크면서 겪는 정서의 핵심은 무엇일까요? 내 생각에는 정(情)과 사랑이라고 생각합니다.

그러니 정이란 자기 생존에 도움을 주는 몇 몇 사람들뿐만 아니라 아침저녁 늘 보고 지내는 것들, 이를테면, 데리고 노는 강아지나 밭을 가는 누렁이, 숨바꼭질하고 놀던 뒷동산 같은 무생물에게도 정(情)이 끼어들기 마련입니다. 남이 보기에는 하잘것없는 산천이라 하더라도 그 신천에 오래 노출된 사람, 즉 그 산천에 정을 준 사람에게는 마음속에서 떠날 날이 없는 산천이 됩니다.

정(情)이 부리는 요술 중에는 그 속에 있을 때는 자신도 잘 느끼지 못하다가도 작별할 때가 되면 갑자기 불쑥 어디에서 나타난다는 것입니다. 고향이 그렇지요. 막상 고향을 떠나려면 어디서 정(情)이 불쑥 나타나 옷소매를 잡아당깁니다.

이호우라는 청도 출신의 시조시인이 있습니다. 그는 그의 시조 〈이향사(離鄕詞)〉에서 다음과 같이 읊었습니다. "선영 모신 산도 이미 멀리 돌아지고/ 산협을 울어예는 귀익은 시냇소리/ 모르고 살아온 그 정 빙 눈물이 돌구나."

여명기의 시인 김소월도 그의 시 〈산〉에서 다음과 같이 적었습니다. "… 불귀 불귀 다시 불귀 산수 갑산 다시 불귀/ 사나이 맘이라 잊으련만 십오 년 정분을 못 잊겠네."

부부 사이가 일그러져서 서로 다투고 싸우지 않는 날이 일 년에 하루도 없다시피 하는 부부도 막상 이혼장에 도장을 찍고 돌아설 때는 참았던 울음을 터뜨리고 마는 경우가 종종 있다는 얘기를 들었습니다. 아무리 미운 배우자라 해도 오랜 시간에 걸쳐 부대끼며 살아온 사람에 대한 정은 어쩔 수 없었기 때문이었나 봅니다. 자주 보는 것이 정(情) 형성을 위한 필요충분조건이라는 것을 알 수 있거니와 고운 정(情)뿐만 아니라 미운 정(情)도 있다는 것도 깨달을 수 있지요. 일단 정이 생기면 전등 스위치(switch)처럼 켰다 껐다 마음대로 할 수 있는 것은 아닙니다. 정(情)이란 땅속에서 저절로 솟아오르는 온천수 같은 것 그렇기 때문에 이호우는 "모르고 살아온 그 정 빙 눈물이 돌구나"라고 읊었고 소월은 "십오 년 정분을 못 잊겠네"라고 노래하지 않았습니까.

우리는 정 때문에 울고 정 때문에 웃습니다. 정 때문에 가까워지고 정 때문에 멀어집니다. 이렇게 보면 반백 년 넘게 낯선 곳에서

만 이리저리 헤매면서도 아직도 그 산천을 그리워하는 나 같은 사람에게는 정(情)이란 다정불심(多情佛心)의 정토(淨土)에 자리잡은 거룩한 존재로 생각을 아니할 수 없습니다.

(2020. 6.)

도적(盜賊)

18세기 실학의 선구자 성호(星湖) 이익을 따르면 조선 서북지방에서 역사에 이름을 남긴 큰 도적들을 시대순으로 꼽는다면 홍길동, 임꺽정, 장길산 이 셋이라고 합니다. 모두 우리에게는 잘 알려진 사람들이지요. 도적이란 말의 도(盜)는 남의 물건을 몰래 훔치는 것이요 적(賊)은 협박하고 위협해서 빼앗는 것을 말합니다.

이 세 사람의 유명 도적들은 각자가 이름을 날리던 시절이 다릅니다. 홍길동은 연산군 때, 임꺽정은 명종 때, 장길산은 조선의 태평성세라 불리던 숙종 때 가장 많은 활약을 했습니다.

이 도적 셋 가운데 기록을 가장 많이 남긴 도적은 양주의 백정이었던 임꺽정이지요. 임꺽정은 간이 얼마나 큰 놈인지 한창 기세를 부릴 때에는 자기를 관리로 꾸미고 여러 고을을 드나들며 아무 거리낌 없이 활동을 했답니다. 벽초(碧草) 홍명희가 쓴 소설 〈임꺽정〉에는 다음과 같은 이야기가 나옵니다. 임꺽정이 황해도 청석골에 있을 때 피리의 명인 왕실 단천수를 사로잡았답니다. 아무리 뒤져봐도 돈은 없는지라 도적 중 하나가 피리나 한 곡 불어보라고 명령했답니다. 단천수가 허리춤에서 피리를 꺼내어 한 곡을 부니 청아하고 구슬픈 피리 소리가 도적들이 있는 산에 울려 퍼져나갔습니다. 얼마 안 있어 주위 도적들에겐 큰 소요가 일었습니다. 그 피리 소리에 감격한 도적들 중에는 집 생각, 동무 생각이 나서 눈에 눈물이 글썽하는 놈도 있고, 훌쩍거리는 놈도 있었답니다. 단천수가 피리를 계속 불면 도둑들의 사기(士氣)가 끝없이 내려가고 말 것을 염려한 임꺽정은 "피리 연주 그만!"을 명하였답니다. 그리고 피리 불던 단천수를 안전지대까지 호위하여 보내주었다고 합니다. 홍명희의 소설 말고도 단천수가 도적떼에 잡혀 피리를 불어주고 풀려났다는 사실이 여러 군데서 나오는 것을 보면 단순히 소설 속 이야기만은 아닌 것 같습니다.

홍길동은 연산군 4년에 문경 새재에서 관군에게 잡혔다는 기록이 있습니다. 그런데 대한민국에 지방자치제의 바람이 불고 간 직후 전라남도 장성에서 미스터 홍이 태어난 집을 발견했다며 한바탕 소란을 피운 적이 있습니다. 전라남도 어느 대학의 교수가 홍길동이가 이 집에서 태어났다는 고증까지 했습니다. 이에 질세라 강원도 강릉에서는 허난설헌의 남동생 교산(蛟山) 허균이 소설 ≪홍길동전≫을 썼으니 홍길동의 고향은 바로 강릉이라 주장하니 나 같은 분별없는 독자는 어리둥절하기만 합니다. 사실 허균의 소설

≪홍길동전≫은 연산군 조에 나와 활약했던 신출귀몰 홍길동과는 아무 관계가 없지요. 두 사람이 다른 시대의 인물인데요.

아무리 의적이니 활빈당 도적이니 해도 듣기에 가장 입을 다물지 못할 이야기는 도둑들과 도둑을 잡는 관리들과 결탁에서 오는 상호보조일 것입니다. S대학교 국사 교수 송기호의 ≪도적과 의적≫을 보면 연암(燕巖)이 일찍 경상북도 안의현감을 지낼 때 이야기가 적혀 있습니다.

> 매번 장마당에서 도둑을 정탐하여 나타나는 대로 체포를 하면 그때마다 꼭 토포영의 장교와 나졸들이 출현하는 것이었다. 토포영이란 곧 진영을 말하는데 도둑 잡는 일을 전담하는 기관이다. 그러나 토포영의 장교와 나졸들은 농간을 일삼고 있었다. 그들은 도둑과 함께 다니다가 도둑을 풀어주어 재물을 훔치게 한 다음 그 이익을 서로 나누어 가졌다. 그러다가 도둑이 잡힐 경우 자기들이 마침 이곳을 지나던 참이라고 둘러대고는 그 도둑들을 데려가는 것이었다. … 도둑을 잡는 자들이 실상 도둑을 풀어놓고 있는 줄은 알지 못했다.

나타나는 모양새가 달라 그렇지 도둑을 잡는 기관과 도둑 떼가 한통속이 되어 농간을 부린 것은 오늘날에도 가끔 미디어에 오르는 이야기들입니다. 어떤 정부 기관 A가 비리(非理)를 저지른 회사를 눈감아 주고 뇌물을 받아먹는 꼴은 쓰는 용어, 주고받는 형태가 다르다 뿐이지 조선조와 다를 게 무엇입니까.

이익의 말마따나 서북 지방에 이름난 도적이 어찌 이 셋뿐이겠습니까마는 유독 이 셋이 더 유명한 것은 왜 그럴까요? 아마도 이들 조직이 커서 관가의 아전들과도 줄이 닿아 있어서 관가의 행동을 알려주는 선이 있어서 잘 잡히지 않아 그렇겠지요. 내 생각으로는 나중에는 이들이 유명하게 된 것은 부잣집 물건을 빼앗아서 헐벗고 굶는 사람들을 도와주는 활빈(活貧) 역할을 해서 의적(義賊)으로 불렸기 때문이라 생각됩니다.

의적이라고 불린다는 것은 도적떼에게는 영광이 아닐 수 없습니다. 그래서 우리는 저 멀고 먼 나라 영국의 로빈 후드라는 의적까지 알고 있지 않습니까. 좋은 일을 하는 도적이라는 생각 때문에 나쁜 짓도 그리 악질적으로 해석되지는 않기 때문입니다.

내가 이화여대에 있을 때 내 학생 중에 박사과정을 밟던 L은 "남을 도와주는(이타적 행동) 사람들은 그렇지 않은 사람과 구별되는 무슨 특징이 있는가?"에 대한 연구를 했습니다. 당시 전국에서 남을 도운 행동으로 이름이 알려져서 MBC 문화방송으로 전국으로 방영이 된 사람 200여 명 가운데서 이타주의자의 이타주의자로 불릴 수 있는 대표적 인물 60명을 뽑아 연구조교들이 심층면접을 하고, 면접 결과를 바탕으로 이들의 심리적 특성, 발달과정, 유지변인 등을 밝혀내었습니다. 연구 결과를 보면 이타적 행동을 보인 사람들을 일반사람과는 뚜렷히 구분되는 특성이 있답니다. 그러니

“내가 돈을 벌면 남을 돕겠다.”가 아니라 남을 도와주는지 아닌지는 그 사람 성격 특성에 달린 것이랍니다.

내가 L의 보고서를 읽다가 한 가지 놀랍고도 슬픈 이야기를 발견하였습니다. 어떤 환경미화원이 그의 도움 행동이 널리 알려져서 방송에 나오자 어떤 모르는 사람이 전화를 하고 “네 까짓 게 뭔데 남을 돕는다고 설치고 다녀! 너 같은 게 어떻게 남을 도와.” 하며 질투와 무시의 막말을 해대더랍니다. 이런 사람은 국회의원이 되어야지요. 우리에게는 남을 도우는 특성도 있지만 이렇게 남을 질투하고 끌어내리려는 못된 심성도 있다는 말이지요.

(2021. 5.)

5부

자랑스런 교민 1세대

판서와 쌀장수 그리고 대원군

한말(韓末) 경북 영천 어느 암자에서 역학을 공부하다가 서울로 올라온 정환덕이라는 사람은 어찌어찌하다가 1902년 마흔 살 나이에 황제의 시종이 되었습니다. 그가 맡은 일은 황제가 아침에 일어나서 잠자리에 들 때까지 옆에서 시종을 드는 것이었습니다. 15년 동안 황제(고종)을 모시고 일하는 동안 듣고 본 일들을 비밀히 기록해 두었습니다.

나의 대학 선배 되는 역사학 교수 박성수가 이 비밀 기록에 주석을 달아 ≪남가몽(南柯夢)≫이라는 이름의 단행본 책을 펴냈습니다. 나는 이 ≪남가몽≫을 읽다가 관심을 끄는 사람 둘을 만났습니다. 이 두 사람은 판서 홍종응과 쌀장수 이천일이라는 사람입니다. 이 두 사람의 이야기가 너무나 감동스럽고 우리에게 던져주는 것이 많다는 생각에 여기 그 내용을 요약해 봅니다. 이 이야기는 흥선대원군이 권력을 잡고나서부터 시작됩니다.

권좌에 오른 흥선대원군 이하응이 제일 먼저 손을 보려 했던 사람은 이조판서 홍종응이었습니다. 사연은 다음과 같습니다. 1863년 진주민란 이후의 나라 경제는 어려웠는데 흥선군도 예외는 아니었습니다. 하루는 흥선군이 집에 먹을 것이 없어서 이조판서 홍종응을 찾아가서 구걸하게 되었는데 홍 판서가 그야말로 문전박대를 하였습니다. 뿐만 아니라 그 댁의 하인이 흥선군이 나올 때 뒤따라 나오면서 발길로 걷어차는 바람에 나무 조각이 튀어 흥선군이 손이 내리치니 다섯 손가락에 상처가 나서 피가 흘렀습니다. 권세 높은 집 하인들은 주인이 하는 대로 돈 없고 가난한 사람들에게는 함부로 대하는 것이 당시의 '풍습'이었겠지요. 피가 흐르는 손가락을 싸매고 집으로 돌아오는데 도저히 빈손으로 갈 수는 없었습니다. 문득 서강에서 쌀장수를 하고 있는 이천일이 떠올라서 그를 찾아갔습니다. 흥선군을 맞은 쌀장수 천일은 크게 놀랐습니다.

"어찌해서 이런 누추한 곳에 행차를 하셨습니까?" "다른 이유는 없고 지금 세모를 당하니 추운 절기에 살아갈 일이 막연하여 염치불고하고 찾아왔네." "물건 보내라는 쪽지 한 장이면 족할 텐데 대감께서 여기까지 친히 오셨습니까? 송구할 따름입니다. 내일 아침 일찍 조처하여 보내드리겠습니다." 이천일이 말한 대로 이튿날 아침 일찍 물자를 보내왔습니다. 보낸 물건은 쌀 20섬, 돈 1,000꾸러미, 정육 100근, 장작나무 50바리, 담배 30근이었습니다. 세상일은 알 수 없는 것. 그로부터 몇 년이 지나지 않아 거지 흥선군의 아들 명복이 임금이 되어 흥선군은 우리나라에서 유일한 살아있는 대원군이 된 것입니다. ≪남가몽≫에서 바로 몇 줄을 그대로 옮겨 적습니다.

> 즉위식 날 대원군이 서강의 쌀장수 이천일을 특별히 부르니 천일은 발이 땅에 닿지 않고 나는 듯이 운현궁으로 들어섰다. 대원군이 친히 손을 잡고 인도해갔으니 천일은 떨리고 황공하여 나아가지 못하고 약간 떨어진 거리에서 몸을 굽히고 있었다. 그 두터운 은혜는 이루 다 헤아리기 어려웠다. 이때 대원군의 부인 민씨가 이천일이 온 것을 알고 궁중의 잔칫상을 내어오게 하니 천일의 손이 떨려 진수성찬을 다 먹을 수가 없었다. 이에 대원군이 친히 천일의 손을 잡아 상에 앉게 한 뒤 큰 은반에 홍로주를 가득 부어주니 천일에게 그렇게 큰 영광은 처음이었다. 대원군은 왕실의 체면은 많이 떨어뜨렸으나 그 정분은 잊지 않았던 것이다. … 드디어 이천일이 선혜청 고직에 임명되니 그 수입이 경상감사의 봉급보다 못하지 않았다.

내 생각으로 이 일이 2020년 7월 대한민국 서울에서 일어났다면 야당은 대원군이 막대한 뇌물을 받은 것으로 몰아 청문회를 열어야 한다느니, 쌀장수 이천일을 뇌물죄로 국회에 소환해야 한다느니 별의별 소동을 다 떨었을 것입니다. 한편 흥선군은 문전박대한 홍종응 판서는 외부압력에 굴하지 않는 지조 있는 관리로 칭송을 받았을 것입니다. 이 모두가 인간의 본성에 대한 이해가 없는 맹꽁이 짓들입니다. "노루를 쫓는 자는 산을 보지 못하고 돈을 너무 밝히는 자는 사람을 보지 못한다(逐鹿者不見山, 獲金者不見人)"는 옛말을 모르고 하는 무식한 짓들입니다. 이런 일을 법으로만 해석하려는 것은 법이 무엇인지 모르는 사람들의 짓이지요. 법을 만드는 것도 사람이고 법을 쓰는 것도 사람입니다. 인간이 베푼 사랑을 법에 연관시키려 할 때는 문제가 생길 수도 있습니다.

어느 일요일 아침 커피잔을 앞에 놓고 나는 ≪남가몽≫ 구절을 아내에게 읽어주다가 다 마치기도 전에 목이 매어 끝까지 읽어주지를 못했습니다. 가난하고 헐벗은 흥선군에게 이렇게 천사같이 착한 구원의 손을 내민 이천일이 내 감정의 쓰나미(tsunami)가 되어 머릿속을 휩쓸고 가버렸기 때문이겠지요.

먹을 것을 동냥하러 온 흥선군이 대원군이 되어 즉위 잔치에 쌀장수 이천일을 잊어버리지 않고 초대했을 때 땅에 발도 붙이지 않고 나는 듯이 운현궁으로 달려왔을 이천일을 상상해 보십시오. 이 장면은 마치 서부영화에서 권총을 휘두르면 마구 사람들을 죽이던 악질 총잡이가 1:1의 권총 대결에서 총을 맞고 쓰러지는 통쾌함과 시원함을 동시에 맛보는 것 같은 생각이 듭니다.

우리는 살아가면서 이와 꼭같다고는 할 수 없으나 비슷한 처지에 당면하는 경우는 가끔 있지 싶습니다. 남을 도와야 한다는 말은 쉬워도 도움의 손길을 뻗치기는 왜 그리 어려운지요. 잘 아는 사람, 인연이 닿는 사람에게 선행의 손길은 쉬워도, 인연이 닿지 않는 사람에게 도움의 손길을 내밀기는 참 어렵습니다.

우리는 누구나 이천일과 홍종응 둘 다 가슴에 품고 삽니다. 홍종응이 나올 때가 많겠지만 이천일이 나오는 경우도 종종 있을 것입니다. 아무리 우리 사회가 정치적으로 민주화가 되었고 GNP가 몇 만 불이 되었고 국민의 행복지수가 올라갔다 해도 홍종응 같은 사람들만 늘어간다면 우리 사회는 모래알이나 바둑돌 같은 사회, 훈기나 따스한 정(情)이라고는 느낄 수 없는 그런 메마른 사회가 될 위험이 훨씬 클 것 같습니다.

(2020. 8.)

정조와 소설

나는 조선 22대 임금 정조는 조선왕 27명 중에서 제4대 세종대왕과 함께 성군(聖君)의 칭호가 마땅할 만큼 치세(治世)를 잘했다고 생각합니다. 정조는 그의 할아버지 영조의 명으로 뒤주에 갇혀 여드레 만에 죽은 사도세자의 아들입니다. 아버지 사도세자가 당쟁에 희생되었듯이 정조 역시 세자 시절에는 물론, 임금이 되고나서도 오랜 세월이 흐르도록 그를 죽이려는 무리 속에서 살아야 했습니다.

그러나 그가 임금 자리에 오르자 천추(千秋)의 한(恨)을 품고 죽은 아버지에 대한 복수를 단행했습니다. 당시 아버지 사도세자를 죽이는데 앞장섰던 정조의 처삼촌 홍인한과 정후겸을 등을 유배를 보내서 사사(賜死)시켰습니다. 장인 홍봉한도 처벌 대상이었으나 정조의 어머니이자 사도세자의 부인 혜경궁 홍씨를 생각해서 차마 리스트에 올리지는 못했다고 합니다.

아버지 사도세자가 뒤주 안으로 끌려 들어가는 것을 본 11살의 어린 정조는 할아버지 팔에 매달려 아버지를 살려달라고 빌었던 한(恨)과 원(怨)을 품고 자랐지만, 아무에게도 그 울분을 털어놓지 못하고 묵묵히 자랐습니다. 그러나 그는 천성이 어질고 학문을 좋아했습니다. 당시 집권 세력이던 노론에 밀려 자기의 능력을 발휘할 기회조차 얻지 못하고 울분 속에 지내던 서얼 출신의 대단한 실력을 가진 선비들, 이를테면 이덕무, 박제가, 유득공과 같은 희대의 천재들을 기용해주는 한편, 이가환, 정약용 등 실학파 사상에 물이 든 개혁파 선비들에게 날개를 달아준 것과 마찬가지라고 볼 수 있습니다. 이 선비들은 정조가 세운 규장각이라는 왕실 도서관이자 정책 수립기관을 드나들며 책 읽고 공부하며 정조 치세에 도움이 될 정책을 활발하게 토론 건의했습니다. 바야흐로 조선에는 실사구시(實事求是)의 학풍이 불어오는 듯했습니다. 짧으나마 조선에 문예부흥이 온 것이지요.

정조는 경서와 역사에 무척 밝은 면학의 군주였지만 소설은 한 번도 읽지 않았다고 합니다. 그가 보기에는 소설은 문장이 천박하고 촌스러워서 선비들은 읽지 말아야 한다고 생각했겠지요. ≪삼국지연의≫ ≪수호전≫ ≪홍루몽≫ 따위의 중국에서 들어온 소설은 읽기도 쉬운데다가 재미가 있어서 많은 선비들이 경서처럼 드러내 놓고 읽지는 않았지만 돌려가며 많이 읽는다는 것을 알았습니다. 정조는 소설에 담긴 남녀 사랑 이야기(얼마나 재미있고 달콤합니까!), 사회 비판정신은 자기도 모르게 빠져들어 갈 위험이 있다고 생각했지요. 그래서 그는 소설 읽는 것을 금지하는 소설 금지령을 내렸습니다. 정조는 신하들에게 다시는 소설을 읽지 않겠다는 반성문을 써내라고 요구하고 신하들은 그 말에 복종하고 제각기 반성문을 써냈습니다.

정조가 간 지 150년이 넘는 세월이 흐르고 그 땅에는 박정희라는 무인이 총칼로 정권을 빼앗아 군사정권이 들어섰습니다. 그의 철권/ 고문 정치가 시작되었습니다. 곧 그는 좌익 사상에 관한 책들을 금지하였습니다. 그 방면의 책을 읽거나 가방에 넣고만 다녀도 불온서적을 소지했다고 잡아갔습니다. 이런 류의 책을 읽다가 잡혀가는 날에는 병신이 되도록 물고문, 전기고문을 당하기 일쑤이지요. 본인뿐만 아니라 가족이나 친지도 잡혀가서 실컷 두들겨 맞고 병신이 되어 온 사람들이 한둘이 아니었습니다.

소설을 읽다가 정조에게 걸려든 선비로 가장 유명한 사람은 안동김씨의 김조순이 있습니다. 김조순은 김창집의 아들로 젊어서부터 정조의 관심을 듬뿍 받아온 선비입니다. 나중에는 두 사람이 사돈관계로 발전해가지요. 김조순의 딸이 정조의 며느리(순조의 본처)가 됩니다. 안동김씨는 정조와 인연으로 온 나라를 휘어잡는 세도정치의 기반을 다지게 됩니다. 이 안동김씨의 세도 정치는 정조가 죽은 후 시작되어 60년을 이어갑니다. 김조순은 분별력이 있고 은인자중하는 선비라 그가 살았을 때 세도 정치가 시작된 것이 아닙니다. 그의 아들 김좌근으로부터 세도 정치가 시작되어 손자 김병기 대를 물리며 이어집니다.

나는 가끔 정조의 소설금지령을 들으면 박정희의 불온문서 금지령이 생각납니다. 정조는 어려서부터 유교 경전을 많이 읽고 공맹(孔孟) 사상의 사고력도 매우 높은 지식층 임금이었고 박정희는 만주군관학교와 일본 육군사관학교에서 훈련받은 무인(武人)입니다. 정조는 서학(西學)의 접근을 속으로 걱정했을 것이고 박정희는 공산주의가 가까이 오는 것을 싫어했을 것입니다.

소설을 읽다가 정조에게 들키면 반성문을 쓰고 다시는 소설을 읽지 않겠다는 서약으로 충분했습니다. 그러나 불온문서를 가지고 있다가 박정희에게 걸리면 감옥살이 몇 주에 물고문, 전기고문도 있을 수 있습니다.

두 사람 다 훗날에 생각해 보고 “그렇게 엄하게 못하게 하지 않아도 될 것을 내가 왜 그랬나?” 후회가 될 것입니다. 읽지 말라면 더 읽고 싶고 부르지 말라면 더 부르고 싶은 저항 심리가 우리 민족에게는 지하수처럼 도도하게 흐른다는 것을 아십니까? 나라는 집권자가 의도하는 대로 지휘봉을 들고 이리로 저리로 가라고 아니해도 저절로 흘러가야 할 방향으로 가는 경우가 많습니다.

(2020. 8.)

공재(恭齋) 윤두서

옥에 흙이 묻어 길가에 버렸으니

오는 이 가는 이 흙이라 하는고야

두어라 알 이 있으니 흙인 듯이 있거나

(옥에 흙이 묻어 길가에 버려졌으니 오는 사람 가는 사람 모두가 흙덩이로 알고 있네. 옥을 아는 사람이 반드시 나타날 것인즉 흙인 듯이 가만히 있거라.)

위 시조를 지은이는 고산(孤山) 윤선도의 증손 공재(恭齋) 윤두서입니다. 윤두서는 학자임과 동시에 이름난 화가로 현재(玄齋) 심사정, 겸재(謙齋) 정선 등과 더불어 조선 화단의 삼재라 불립니다. 실학의 최고봉으로 불리는 다산(茶山) 정약용은 그의 외증손자가 되지요. 다산이 어렸을 때 서울에 있던 외갓집을 자주 드나든 것은 공재 서실에 있는 책을 빌려 가기 위해서였다는 이야기가 전해 옵니다.

공재는 당시 정권 실세에서 밀려난 남인의 우두머리인 고산 윤선도의 집에서 자랐기 때문에 당시 집권 세력인 노론 세상에서 벼슬길에 올라봤자 그의 앞에 놓인 길은 험한 가시밭길뿐인 것이 너무나 뻔한 것이었습니다. 능력은 탁월하나 그 능력을 발휘해 볼 기회가 없는 공재는 이 글의 맨 처음에 소개한 시로서 자기를 알아주는 사람이 있을 것이라는 가슴 뿌듯이 올라오는 자신감을 누르면서 이 시조를 읊었을 것입니다.

고산 윤선도와 공재 윤두서는 어찌해서 호남의 거부가 되었을까요? 전해오는 이야기로는 고산의 고조부 어초은(漁樵隱) 윤효정이 당시 호남의 대부호 초계 정씨네 사위가 되는 바람에 처가에서 막대한 재산을 물려받게 되었다고 합니다. 처갓집 덕분에 벼락부자가 된 어초은은 장자 상속을 시행하고 이것을 윤씨 집안 대대의 전통으로 남겨 해남 윤씨의 재산은 눈덩이처럼 불어나게 되었다고 합니다. 이 재력을 바탕으로 인물이 나오기 시작했답니다. 어초은의 4대손에 이르러 고산 윤선도가, 6대에 이르러 공재 윤두서가 나온 것이 대표적인 예라 할 수 있지요.

나는 2017년 한국에 나갔던 길에 해남에 있는 고산 윤선도와 공재 윤두서의 고택 녹우당을 가 보았습니다. '녹우당'이라는 행서 간판은 공재의 친구인 성호 이익의 형님이요 동국 진체의 원조로 불리는 서예가 옥동(玉洞) 이서의 글씨지요. ≪나의 문화유산 답사기≫를 쓴 유홍준에 따르면 이 집은 고산이 30년 넘는 세월을 유배로 이리저리 다니다가 환갑이 넘어 다시 관직에 들어갔을 때 당시의 임금 효종이 왕세자 시절 사부였던 고산에게 지어준 것을 해남으로 옮겨온 것이라 합니다.

해남 윤씨의 유물관에서 공재 윤두서의 그 유명한 자화상을 보았습니다. 조선 시대의 초상화 중에서 최고의 걸작이라 하나 나 같이 그림에 식견이 없는 사람 눈에는 다른 초상화보다 뛰어나다는 생각은 들지 않았습니다. 대신 그 자화상은 나에게 무척 고독하고 쓸쓸한 감회를 듬뿍 던져주었습니다. 자기 능력을 떨쳐 볼 기회가 막혀버리고 앞날은 어둡기만 하던 공재의 심정을 화폭에 담아본 것이라고 볼 수 있겠지요. 그의 얼굴 전체, 특히 눈에서 풍기는 고독함과 쓸쓸함은 이 초상화가 풍기는 향기라면 향기고 독백이라면 독백이라는 생각이 들었습니다.

공재는 유복한 집에서 태어났습니다. 남인의 골수이며 실학이라 부르는 학문에서 시(詩), 서(書)에 능했던 화(畵)가 공재는 가정적 불행으로 그의 삶은 몹시 피로했습니다. 공재의 나이 22살 때 부인이 저세상으로 가고 둘째 부인을 맞아 그녀 사이에 7남 2녀를 두었습니다. 공재는 자식 복만은 타고 났지요. 조선 실학의 선구자로 백과사전적 지식을 소유한 지봉(芝峰) 이수광이 처증조부였으니 그의 영향을 어느 정도 받았다고 할 수 있겠습니다. 가정적인 불행의 연속(아버지, 어머니, 형제의 죽음)으로 서울 생활을 접고 해남 연동으로 낙향했습니다. 그가 녹우당에 살았을 때는 노비 500명에 논

밭이 2,400마지기를 두었다는 부호 공재는 48세로 녹우당에서 피곤한 눈을 감았습니다.

유홍준의 ≪화인열전≫을 보면 공재가 세상을 떠났을 때 그의 평생 친구 옥동(玉洞) 이서는 다음과 같은 제문을 지어 그들의 우정을 절절히 표현하였습니다.

> 한 마을에서 같이 늙어 가기를 바랬더니 … 오호라 하늘이 나를 돕지 않는구나. 어찌 나의 분신을 빼앗아 가는가 … 다시는 마음을 합할 친구가 없으며 다시는 마음의 깊은 얘기를 털어놓을 수 없으니 하늘과 땅 사이에 홀로 외롭고 쓸쓸하구나…

요새는 자기가 스스로 흙 묻은 옥이라고 소리치는 사람들로 시끄러운 세상. 자기 자신을 옥이라 부르는 사람들에게는 재능이 있고 없는 것은 전혀 문제가 되지 않습니다. 그저 자기가 옥이라고 부르면 그만이지요. 이들에겐 예의도 염치도 없고 그저 자기가 가짜가 아닌 진짜 옥이라고 외쳐대면 그만입니다.

(2020. 11. 1)

신참

내가 대학교에 입학했을 때는 6·25전쟁의 흔적이 사방에 널려 있던 시절이었습니다. 내가 입학시험을 치르러 서울에 왔을 때는 머리도 기르지 않는 순도 100% 자연산 더벅머리 소년이었지요. 입학만 하면 선배들이 와서 '나하고 형제가 되자'는 사람도 있을 것이라는 말을 들었으나 막상 입학을 하고 보니 신입생 신고식이란 말도 없었으며 나한테 인사를 거는 놈 하나 없었습니다.

숨통이 막히던 고등학교와는 달리 조물주는 무한의 자유를 이 더벅머리 앞에 쏟아놓고 갔습니다. 학교 가는 것, 책을 읽는 것, 어떻게 행동하는 것, 모두가 이래라 저래라 간섭하는 사람 하나 없는 완전한 자유였습니다. 하기야 "동렬이 너도 이 책 한 번 읽어 볼래?" 하는 충고의 말도 해주는 사람 하나 없었습니다. 설령 있었다 해도 이 세상에서 내가 제일 잘난 놈으로 기고만장하던 그 시절에 이 따위 충고가 귀에 들어왔겠습니까?

가끔 신문에 나는 신참 신고식 이야기를 보면 '참 황당한 녀석들도 있구나…' 하는 생각이 들 때도 있었습니다. 신고식에서는 선배들이 신입생을 한 줄로 세워놓고 아무런 이유 없이 두들겨 패고(이것도 한두 번 쥐어박는 게 아니라 정신을 잃을 때까지 두들겨 팬답니다.) 무리한 요구를 하고, 술을 강제로 먹이고, 캄캄한 밤중에 자동차에 싣고 낯선 곳에 가서 내려놓고 온다든지, 하여튼 내가 보기에는 바보 같은 짓만 골라서, 남들에게 큰 괴로움을 안겨주는 짓거리를 신참 신고식이라 합니다. 그러나 그때는 신고식 이야기를 들으면 '재미있겠다.' 싶은 호기심이 들 때도 있었습니다.

한국일보 기자 이기환이 쓴 ≪흔적의 역사≫를 따르면 신참 신고식은 고려 우왕 때부터 시작하여 조선 관리들에게로 전해왔다고 합니다. 시작은 자기 실력이 아니고 부모의 권세나 입김으로 관리가 되어 천방지축 까불어대는 신참이나 '젖비린내 나는 아이들'의 기(氣)를 꺾어놓은 수법으로 시작된 것이라고 하네요. 이렇게 시작된 신참식은 600년을 이어와서 오늘에 이른 것이지요.

모든 조직원이 한결같이 같은 행동과 생각을 하고 대동단결을 해야 하는 군대조직 같은 데에서는 신참식이 어느 정도 있어야겠다는 수긍이 갑니다. 선배 혹은 고참 말 잘 들어야지 너 혼자 잘났다고 까불지 마라는 말은 군대 조직에서는 절실하지요. 그러나 포스트모더니즘이 만연한 오늘날 세상에는 언제 어디서나 자기 마음대로 말할 수 있고 행동할 수 있는 권리가 주어지는 사회에서는 신참이라 해서 무조건 선배들의 말을 따라야 한다는 것은 말이 안 되지요. 그러니 앞으로 세월이 가면 신입생 신고식 따위는 그 설 자리를 잃고 말 것입니다.

≪흔적의 역사≫를 보면 율곡(栗谷) 이이나 다산(茶山) 정약용 같은 이름난 선비들도 혹독한 신입생 신고식을 치렀답니다. 이런 신고식이 있다는 사실 그 자체가 봉건사회에 어울리는 풍습이지 자유 민주주의 사회에서는 맞지 않는 풍습이라고 할 수 있지요.

선배니 후배니 가리고 따지는 것은 선배에게 기대되는 행동이 있고, 후배에게 기대되는 행동이 있다는 것을 전제합니다. 여기서 제1등으로 꼽히는 후보자는 단연 군대조직입니다. 그러나 신고식이라고 이유 없이 신참들을 두들겨 패고 술은 강제로 먹이는 것은 후배들의 마음속 저항 심리를 건드리지, 진심으로 존경과 복종을 유발하는 것은 아니라고 봅니다. 우리 속담에 '윗물이 맑아야 아랫물이 맑다'는 말이 있지 않습니까. 위에서 본보기가 되는 행동을 하면 아래 신참들은 저절로 본보기를 따른 것입니다.

이 신참 신고식이 고려 말에 시작되어 조선을 거쳐 오늘날까지 내려 온 것을 보면 우리 인간의 마음속에는 남을 괴롭히고 제압하고 싶은 병적인 잔혹성, 내지 자학성(sadism)의 유전자가 우리 핏속에 흐르고 있는 것 같기도 합니다. 흔히 집에서 어른이 잘하면 자식에게 문제가 없고 어른이 망나니짓만 하면 그 자식은 볼 게 없다고 말하는 사람들이 있습니다. 우리 인생은 그런 공식을 잘 따르지 않는 습성이 있지요. 어른의 행동이 아무리 개차반일이지라도 그 자식들은 날날이 똑똑해서 제 갈 길을 가는 모범 자식이 있는가 하면 어른이 행동을 아무리 잘해도 그 자식들은 개차반이 되는 수도 많습니다. 그래서 인생살이가 흥미롭고 살맛이 나는 게 아닙니까?

나라도 마찬가지입니다. 걸핏하면 무고한 시민을 잡아서 빨갱이로 몰아 죽이거나 고문으로 병신을 만들어 돌려보내던 이승만, 박정희, 전두환 정권에서 올바른 후대들이 나오겠습니까. 그런 사회에서 자라서 성인이 된 사람들은 보고 들은 것이 별로 없이 자랐으니 그들이 생각해 낼 수 있는 것은 역시 그런 암울한 짓밖에는 없을 것입니다. 독재의 사슬 밑에서 성인이 된 사람들이 지금 대한민국 국회에서 민주주의를 한다고 설쳐댑니다. 그것은 마치 피아노를 칠 줄 모르는 사람이 청중 앞에 나와서 '나의 최선을 다해서 여러분이 즐거운 시간 갖도록 하겠습니다.'라고 외치는 것과 같지요. 이들은 말로 민주주의를 외쳐대지만, 자기들의 행동 혹은 생각 레퍼토리(repertoire)에 '민주주의'가 없습니다. 기껏해야 감옥에 있는 죄수들에게 100대 매질하던 것을 20대 이상은 못 때리는 법을 만들었다고 '오늘은 민주주의를 실행했다'고 할 것입니다.

내 생각으로는 50년, 100년 세월이 흘러서 지금 민주주의 한다고 떠들어대는 세대가 저세상으로 가고 나서 새싹 돋아나듯이 자란 새 세대가 와야 그때 민주주의를 계획하고 실행할 수 있을 것 같습니다.

(2020. 10)

솨던후로이더(Schadenfreude)

'솨던후로이더'라는 말은 독일어로 'harm(해)'이라는 단어와 'joy(기쁨)'이라는 두 단어가 합해서 '남에게 들이닥친 불행에 기쁨을 느끼는' 현상을 가리킵니다. 이 말을 하나의 단어로 어떻게 표현해야 할지 얼른 생각이 나지 않아 솨던후로이더(schaden-freude)라는 원 단어 그대로 쓰려고 합니다.

2020년은 코비드19로 모든 일을 망치다시피 한 해입니다. 우리 가족은 멕시코 여행과 한국 방문을 계획했으나 둘 다 계획단계에 그쳐야 했습니다. 올해는 미국 대통령 선거가 있는 해, 공화당 도널드 트럼프와 민주당 조 바이든이 서로 대통령이 되겠다고 치열한 선거 유세에 정신이 없습니다.

나는 트럼프를 좋아하지 않습니다. 대통령으로서 행동이 너무 점잖지를 못하고 말과 행동에 믿음직스러운 데가 없습니다. 그런데도 우리나라의 문재인 대통령과 북한의 김정은 트럼프가 뭐가 그리 좋은지 그의 두 팔에 매달리다시피 외교정책을 흔들어대니 무척 안타깝기만 합니다.

선거 날(11. 3)이 가까워오는데 트럼프가 갑자기 코로나바이러스 19에 양성반응이 나와서 병원에 입원했다는 CNN 뉴스가 나왔습니다. 이 소식을 듣는 순간 나는 기분이 무척 좋았습니다. 그 뉴스야말로 반가운 뉴스였습니다. 내 속으로 '이놈 너 잘 걸렸다. 너 그렇게 까불어대더니 너 한 번 잘 걸렸다.'는 생각만 들어 고소하고 즐거운 이야기로 들려왔습니다.

솨던후로이더라는 것은 남의 불행을 보고 내 마음에 즐거움을 느끼는 것이라는 얘기를 했습니다. 물론 솨던후로이더를 느낀 것은 이번이 처음은 아닙니다. 그전에도 트럼프가 세금을 내지 않았던 것 같은 부정적 내용의 뉴스를 들으면 나는 그가 미우면서도 즐거운 마음을 여러 번 가졌습니다. 그런 그가 이번에 '나는 코비드가 겁나지 않다며 쓰라는 마스크도 쓰질 않고 방역청 말이라면 콧방귀를 뀌며 설쳐대던 그 사나이가 바로 그 비웃던 코비드에 걸렸구나.' 싶어서 나는 너무나 통쾌하고 기뻤습니다.

남의 불행에 이렇게 큰 기쁨을 느끼는 것은 점잖지 못한 행동이라는 것을 왜 모르겠습니까? 그러나 예수의 사촌도 아닌 내가 점잖은 사람이 되어 무엇을 하겠습니까. 생각건대 이런 경우 나와 같은 생각을 하는 사람들이 많기에 솨던후로이더라는 말이 생겨나지 않았겠습니까?

남의 불행을 보고 기쁨을 느끼는 현상은 스포츠나 정치적인 경쟁처럼 집단 내 갈등이나 경쟁과도 관계가 있는 것 같습니다. 남의 불행을 보고 기쁨을 느끼는 것은 대부분 일시적인 현상에 불과합니다. 그러나 경우에 따라서는 가학성이나 자기도취, 반사회적 행동과 같은 우리 성격의 암흑지대와도 연결이 되어 있을 때도 있는 것 같습니다.

그러니 이런 심리현상이 너무 자주 있지 않은 한 그다지 걱정할 일은 아닌 것 같습니다. 부러워하던 사람이 불행한 일을 당하면 내가 그 사람 자리에 앉을 수 있는 확률은 0.0001이라도 늘어가는 것이 아니겠습니까? 그러니 부러워하던 사람이 불행을 당했을 때 기쁨을 느끼는 것은 정상적인 일이지요.

우리 속담에 '사촌이 땅을 사면 배가 아프다.'는 말이 있습니다. 일가친척이나 남이 다소 잘 되는 것을 공연이 시기하는 사람을 두고 이르는 말입니다. 평소에 관계가 소원하거나 사이가 좋지 않던 사람의 일이 잘될 때는 배가 아플 때가 있지요. 어렸을 때 비 오는 날 힘들게 길이가는데 자가용(그때 자가용은 jeep차였음) 한 대가 웅덩이 물을 내게로 튕기며 지나갈 때는 불쾌감과 그 지프에 탄 사람이 미워지는 것을 경험하셨나요? 만일 경험을 못했다면 이동렬의 심보는 어릴 적부터 유난히 더러웠던 아이라 할 수 있겠지요.

위에 소개한 쇠던후로이더나 속담을 곰곰이 살펴보면 사람의 심보가 성경말씀처럼 그렇게 깨끗하고, 자기를 사랑하듯이 남을 사랑하는 고귀한 존재는 아닌 것 같습니다. 우리는 살아남기 위해서 우리 약점을 보호하는 방법을 우리의 선조의 DNA로 물려받고, 태어나서 자라는 동안 이런 보호기제를 스스로 마스터한 것 같습니다.

그러나 트럼프 대통령이 하루빨리 코로나바이러스에서 회복하고 미국 대통령 선거가 무사히 치러지기를 바랍니다. 그렇지만 그가 대통령에 당선되기를 바라지는 않습니다.

(2020. 10. 4)

나는 왜 다산(茶山)을 좋아하는가

이 세상에는 사람들의 찬사와 존경을 한 몸에 받는 유명한 학자랄까 선비, 저자들이 많습니다. 과거에 세 번이나 떨어졌으나 단군 이래 가장 큰 학자로 불리는 퇴계(退溪) 이황, 13살이라는 어린 나이에 과거에 급제한 율곡(栗谷) 이이가 있습니다. 500여 권의 저서를 남긴 다산(茶山) 정약용이 그의 천재성을 시험, 여러 번 확인하고는 '이 사람이 혹시 귀신은 아닌가'라는 의심이 들었다고 한 이가환, 이익, 박지원, 박제가가 있습니다. 근세에 와서는 일본에 유학 가려고 불과 일주일 공부하여 일본어를 마스터했다는 이광수, 정인보, 홍명희 등도 세상 어디를 내놔도 기라성같은 천재들입니다. 나는 그 많은 천재 중에 다산(茶山) 정약용을 가장 좋아하고 마음속으로 그를 흠모합니다.

역사학자 이덕일에 따르면 큰 학자들에게는 스승이 없다고 합니다. 이황, 조식, 이이, 유형원, 이익, 정제두 등 많은 학자들은 스승이 없었다고 합니다. 내 생각으로는 이들 큰 학자들이 스승은 없었다 하더라도 큰 영향을 준 선비들은 있었다고 생각합니다. 다산 말로는 자기가 가장 큰 영향을 받은 선비로는 이황, 김육, 이가환이었다고 합니다.

다산을 숭모하고 따르는 이유가 또 한 가지 있습니다. 다산은 학자로서 본분을 철저히 지킨 분이라는 것입니다. 다산은 권력 가까이 있었어도 한 번도 그 권력을 휘두른 적도 없고 권력에 휩쓸려 다닌 적이 없습니다. 내 보기에는 많은 학자들, 특히 권력 주위에 어른거리는 사람들을 보면 명예욕, 권력욕이랄까 출세욕이 남다른 분들이 많습니다. 그러나 남들 앞에서 말로는 자기는 권력이나 명예가 천하다고 하면서도 권력을 끝없이 동경하며 권력 주위를 얼씬거립니다. 한마디로 이런 사람은 위선자들이 아니겠습니까.

나는 이번 코로나바이러스로 집에 갇혀 있는 동안 사학자 이덕일이 펴낸 2권의 책 ≪정약용의 형제들 1,2≫를 다 읽었습니다. 사실 이 책들은 벌써 6년 전에 한 번 읽은 것으로 적혀 있는데 다 잊어버리고 이번에 또 읽으니 '새로 읽는 2번째'가 되는 셈이지요.

책을 읽다가 가슴이 뭉클해 오는 한 시 한 수가 눈에 띄었기에 여기 옮겨 적어 봅니다.

일어나 새벽별을 보니 이별할 일 참담하구나

묵묵히 바라보니 둘이서 말이 없고

목청 바꾸어 애쓰니 목이 메어 울음 터지네
흑산도 아득하여 바다와 하늘 맞닿은 곳이니
그래 어쩌다가 그 속으로 들어가는가

다산은 강진에, 둘째 형 약전은 흑산도로 유배를 가게 되었습니다. 형제가 나주에 있는 율정점(栗亭店)이라는 주막에서 지금 어느 때고 헤어질 예정입니다. 이날의 슬픔과 통한을 동생 다산이 읊었습니다. 이 형제의 이별은 생전에 마지막 이별이 되었습니다. 정약전은 1816년에 유배지에서 죽고 동생 다산은 강진에서 18년 유배형을 마치고 18년에 해배되어 고향 마재로 돌아왔습니다.

위의 시를 대하는 순간 내 가슴이 울먹해지는 것은 어쩔 수가 없었습니다. 작별을 몇 시간 앞에 두고 왜 할 말이 없었겠습니까. 감정이 극에 이르렀을 때는 말도 글도 필요 없다지 않습니까. 마음속으로는 백 마디 천 마디의 말이 오갔겠지요.

다산은 강진에 18년을 있으면서 500여 권의 책을 썼습니다. 사학자 L에 따르면 인류의 명저 대부분이 감옥이나 유배지에서 썼다 합니다. 예로 중국의 손자는 두 다리를 끊긴 후 감옥에서 ≪병법≫을 썼고, 한비(韓非)는 포로의 신세로 ≪세난(說難)≫을, 사마천은 남근을 잘리는 치욕을 겪으며 ≪사기≫를, 공자는 액을 만나 전국을 떠돌면서 ≪춘추(春秋)≫를 썼다고 합니다. 볼테르는 옥중에서 ≪앙리아드≫를, 세르반테스는 감옥에서 ≪라만차의 세르반테스

≫를, 마르코 폴로는 포로의 신세로 ≪동방견문록≫을 썼다고 합니다. 이렇게 보면 대한민국의 이승만과 박정희는 조선 때의 위정자들보다 더 악질이었던지 아니면 멋대가리가 없는 사람들인지 그들은 감옥에서 책 쓰는 것을 허락하지 않았다고 합니다. 이광사, 김정희, 조희룡 같은 서예가, 화가들은 유배지에 가둬둔 것은 개인적으로는 불행한 일이나 놀랄만한 예술적 걸작들을 생산할 기회는 주는 것이니 국가적으로는 큰 경사라 아니할 수 없겠습니다.

내 생각으로 다산은 조선 500년 역사를 통해서 가장 민생에 영향을 준 선비라고 생각합니다. 그는 항상 어떻게 하면 좀 더 살만한 세상을 만들 수 있을까를 추구하는 실사구시(實事求是)의 저서를 펴냈습니다. 그러니 그는 철저히 풀뿌리 백성들의 편에 선 목민관(牧民官)이었습니다. 예로, 그가 곡산부사로 있을 때 중앙정부가 너무 무리한 정책을 실현하려고 하자 다산은 이 정책의 부당함을 조목조목 중앙정부에 알려서 바로 잡은 점이 한두 번이 아니었습니다. 오늘날의 행태로 보면 영락없이 시민단체나 좌빨로 몰릴만한 짓이었겠지요.

선조들이 8대 내리 옥당(홍문관) 출신의 가문에서 태어난 다산의 어린 시절은 학문으로 대를 잇는 축복받은 가정이었습니다. 다산의 5대조 정시윤이 8대 옥당의 마지막 인물이라 합니다. 당쟁 때문이었지요. 당시 남인의 영수 민암이 사형되는 통에 남인으로서 목숨을 겨우 건진 정시윤은 다시 등용되는 기회가 있었습니다. 그러나 당파 싸움에 넌더리가 난 그는 이를 거절하고 남한강과 북한강이 만나는 마재(馬峴)에 자리를 잡았습니다. 다산의 외가는 남인의 거두 고산(孤山) 윤선도. 고산의 증손자이자 문인화의 거두 공재(恭齋) 두수가 그의 외종조가 됩니다.

마재를 찾아가면 내가 존숭하는 선비의 회포를 느끼기가 어려울 정도로 관광객들로 붐빕니다. 다산이 살던 집 '여유당' 뒷동산에 모셔진 그의 묘소에도 관광객들이 사진 찍기에 바쁩니다. 다산을 따라다니며 괴롭히던 그 세력은 지금 없어졌지요. 그러나 오늘날 중앙정치 무대에서 날뛰는 정치인들은 좌파와 우파로 갈려 서로 수작하는 꼴이 닮아도 너무 닮았습니다. 참 서글픈 현실입니다.

(2020. 10.)

자랑스런 교민 1세대

캐나다에 생활 터전을 잡은 지도 올해로 54년이 되었습니다. 1966년 가을 학생 자격으로 캐나다에 발을 디딘 후 그중 6년 반을 한국에 돌아가서 산 것을 빼고는 줄곧 이 땅에 살았으니 내 생애의 반 이상을 캐나다에서 산 셈입니다.

한국에서 캐나다로 이민을 오는 것을 본 기억은 1967년부터 시작하여 1970년에서 1980년 사이. 그 수가 엄청 늘어났습니다. 그 사이에 캐나다에 와서 삶을 시작한 교민 1세들은 이제 늙어서 직업 전선에서 물러나서 그 많던 문제와 고민을 다 견뎌내고 이제는 건강관리나 하며 조용히들 남은 날들을 보내고 있겠지요.

그 많던 문제와 고민들도 모두 일단락 지은 것 같습니다. 이 글의 목적은 이민 초기에 문제와 고민이 있었다면 어떤 것들이 있었나를 살펴보는 것입니다.

우리가 교민사회의 문제라고 할 때는 소수민족으로서 주류사회

속에서 살아가는 교민사회 – 주류사회 간의 문제와 교민사회 내(內)의 문제로 나누어 볼 수 있겠습니다. 대부분 교민 1세들은 영어나 불어로 의사소통을 해야 하는 어려움과 고통을 가지고 있습니다. 이 의사전달을 해야 하는 불편은 교민들이 원하는 직업에 종사할 기회를 막거나 직장 내에서 승진을 지연시키고 직장에 대한 만족도를 줄입니다. 이 언어에 대한 불편은 쌍방 간의 '오해'를 초래하기 쉽고 '차별대우'를 받는다는 불쾌감이 따르거나 저들과 우리와의 상충되기 어려운 근본적인 차이가 있다는 소외감을 느끼게 되어 주류사회와 교류를 아예 포기하는 마음 자세를 일으킵니다.

캐나다는 복합문화주의를 표방하고 공식적으로는 소수민족에 대한 차별대우는 인정되지 않습니다. 이 말은 캐나다에서는 인종차별이 존재하지 않는다는 말이 아니고 공식적으로 인종차별이 용납되지 않으며 설사 있다 해도 그것은 어디까지나 교묘하게 이루어지기 때문에 표면적으로는 없는 것처럼 보일 수 있다는 말이지요. 교민 1세의 소수민족 집단 안[內]에서 생기는 문제는 집단 간의 문제보다도 더 절실한 면이 있다고 생각됩니다.

첫째는 고국에서의 '나'에 대한 이미지를 문화적 배경과 사회체제가 다른 캐나다라는 나라에 그대로 옮겨놓은 데서 오는 문제와 갈등이 주원인이 되는 것 같습니다. 즉 이민을 오기 전에 다른 사람들이 알아봐 주던(Somebody)가 하루아침에 아무도 몰라주는 무명인사(No-body)가 된 데서 오는 문제입니다. 이민을 온다는 것은 한국에서의 사회적 지위와는 상관이 없이 캐나다에서 살아가기에 적합한 요소로 다시 편성되는 것입니다. 한국에서 전문직에 종사하며 높은 사회경제적 지위를 누리던 교민일수록 이민 생활에서 오는 갈등과 불만은 더 클 것입니다. 그래서 캐나다에서 잃어버린 '나'를 찾거나 새로운 '나'를 만들기 위한 노력은 여러 군데에서 나타납니다. 우선 감투에 대한 열망이 극심하다는 것입니다. 회원이 10명인 단체에도 무슨 회라 이름을 붙이고 회장, 부회장, 총무, 이사를 뽑아 이름 대신 ○○회장님이라 부릅니다. 교회에서 장로나 집사의 직분도 필요 이상으로 부각되는 것 같습니다. 두 직분도 '섬기는 자'가 아니라 '누리는 자' 지위의 상징으로 보이는 것도 이와 같은 맥락으로 볼 수 있습니다.

둘째, 내 생각으로 모국의 국제적인 위상과 경제적 성장과 관련이 깊은 것입니다. 1970년도까지는 미국이나 캐나다에 산다는 것은 선진국에 산다는 일종의 축복 받은 선망의 삶이었습니다. 그러기에 그때는 '내가 한국에서 누리던 그런 사회적 지위와 경제적 부는 없지마는 살기 좋은 나라, 안정된, 전쟁 없는 나라에서 살고 있다.'는 심리적인 보상을 누릴 수 있었습니다. 그러나 2000년 전후해서 한국경제가 부유해지고 두 나라 간에 왕래가 잦아지면서 '선진국, 살기 좋은 나라'에서 살고 있다는 심리적 보상이 희석되기 시작했습니다. 당시 20~30대의 교민들이 사회적 신참들이었으나 30, 40년이 지나는 사이에 한국에 계속 살던 동료들은 엄청난 지위 상승에 기(氣)가 '나는 지금까지 뭘 했나?' 하는 자괴심을 안게 되었습니다. 나는 이를 '반사적 자괴감'이라고 부릅니다.

셋째, 이 캐나다에 사는 교민1세들은 설사 남들이 부러워하는 직장이나 직위에 앉았다 해도 '내가 바로 주인이요' 하는 주인 정신(origin)은 없고 방관자 내지 볼모(pawn) 입장에서 구경꾼으로 오래 있다 보니 자기도 모르게 위축감과 수동적인 자세를 갖는 사람이 되고 말았습니다. 나는 이를 '볼모 정신'이라 부릅니다. 이것은 마치 고국을 방문하는 교민들이 인천공항 세관원들에게 씩씩하게 자기주장을 하다가도 캐나다로 오는 토론토 공항에서는 인천공항에서 보여주었던 그 씩씩한 모습은 온데간데없고 양(羊)처럼 고분고분 태도가 되는 데서 알 수 있지요. 이처럼 위축감으로 괴로워하는 교민이 주인정신으로 두 눈이 샛별같이 반짝이는 기개에 찬 한국에 사는 옛 동료들을 만나면 '나는 무엇인가?' 하는 쓸쓸한 자괴감이 찾아오는 것입니다.

마지막으로, 남에게 끼칠 수 있는 영향력이 극히 제한되어 있다는 사실은 교민 집단 내 대인관계에서 서로의 반목이나 무관심을 부추길 수 있습니다. 모국에서 어떤 위치에 오르면 주위 사람들에게 어떤 영향력을 줄 수 있는 힘(power)을 갖게 됩니다. 그러나 개인의 능력과 공평한 질서를 중시하는 캐나다 같은 나라에서는 주위 사람들에게 영향을 줄 힘은 극히 제한되어 있습니다. 인간의 수직 관계를 중시하고 유교사상에 젖어 살던 이들에게 지나친 개인주의는 교민 간의 반목, 부모-자식 간에 오해와 소외감을 키울 수 있습니다.

옛날 처음 캐나다로 거주지를 옮긴 중국 교민들을 생각해 보십시오. 이들 대부분이 영어로 소통하기 힘든 노동자들이었습니다. 그들이 일하고 사는 곳은 보통 아래층에서 일하고 위층에서 살림하는 한 건물이었습니다. 밖에 나가면 인종차별이 공공연하게 이루어졌으니 자녀들은 부모와 함께 있는 것이 가장 큰 안식처였을 것입니다. 지역사회 밖으로 나가면 차별하고 무서우니 잘 아는 자기 교민끼리 모여 사는 것. 나가 봤자 별 볼 일 없으니 집 근처에 아는 사람, 동족 교민들과 있는 것이 가장 큰 안정감을 주는 곳, 차이나타운은 이렇게 해서 생긴 것이 아니겠습니까.

요새 중국이나 홍콩에서 이민 오는 중국계 교민들을 보십시오. 이들 거의 전부가 노동자들은 아닙니다. 영어로 소통 능력도 있습니다. 이들은 캐나다에 도착하여 이민 보따리를 풀자마자 좋은 학구가 어딘지 묻고 백인만 사는 좋은 동네에 자녀들과 살기를 두려워하지 않습니다. 자녀들은 백인 학교에 다닐 테고 그 학교 학생들과 친구가 되어 무서운 속도로 이 나라 문화에 젖어 들어 갈 것입니다.

2세들에게 모국어 전수하기가 극히 어려워지는 것은 한국 교민만이 아니요, 중국, 일본 등 어느 나라고 마찬가지입니다. 우리 교민 1세대는 말과 풍습이 다른 이 캐나다 사회에 작은 시냇물이 되

이동렬 에세이

감장새 작다하고

어 마르지 않고 흘러내릴 것입니다. 이민 1세대 중에는 세월 따라 하나 둘씩 이 세상을 떠나는 이도 있습니다. 그러나 교민 2세들이 있고 2세 뒤에 나오는 3세, 3세 뒤에 4세 … 이렇게 시냇물은 졸졸 졸 끊이지 않고 자꾸 자꾸 흘러내릴 것입니다. 이것이 교민 1세대의 자랑이고 프라이드가 아니고 무엇이겠습니까.

(2020. 2.)

김치 유감

나는 김치가 식탁에 오르지 않고는 밥을 잘 못 먹습니다. 내가 1966년 캐나다에 발을 내디뎠을 때는 김치를 먹는다는 것은 오늘날에 비해 무척 사치스러운 때였지요. 요새는 서양 식료품 가게에 가도 아주 복스럽게 생기고 통통하게 살찐 배추가 있으니 김치를 담가 먹는 데는 그것을 담근 줄 아는 사람만 있으면 그만입니다.

갓 결혼해서 Miss에서 Mrs가 된 나의 사모님, 당신 영감이 좋아한다면 물불 가리지 않고 뛰어들 일편단심 민들레는 배우 방실이 같은 건강으로 있었으니 김치 담그는 데는 전혀 문제가 없었습니다. 때마다 김치를 찾는다는 것은 나만의 습관은 아닌 것으로 알고 있습니다. 거의 모든 한국 남성들이 김치 없으면 밥을 못 먹는 것으로 알고 있지요.

그런데 김치가 우리나라에 언제 들어왔을까요? 우리나라의 관혼상제 같은 여러 전통문화에 관한 여러 권의 책을 펴낸 S대학교의 송기호 교수에 따르면 김치가 현재의 모습으로 등장한 것은 18, 19세기, 비교적 근대에 와서랍니다. 그전에는 채소를 소금에 절여 만든 딤채였다고 하지요.(사전에는 딤채는 김치의 옛 이름으로 나와 있습니다.) 딤채는 무장아찌나 동치미처럼 주로 무를 사용하였다고 합니다. 지금과 같은 둥근 모양의 배추가 중국에서 들어온 것은 18세기 말이었고, 김치에 넣는 고추도 18세기 중엽 이후에나 사용되었다고 합니다. 소금값이 치솟자 소금 사용을 줄이고 저장 기간을 늘리기 위해 고춧가루를 김치에 넣기 시작했다더군요. 그러니 배추, 소금, 고춧가루, 젓갈이 어우러져 맛깔스러운 모습을 보이기 시작한 김치가 나온 것은 200년이 채 안 된다는 말입니다.

우리나라 밥상에 오른 지가 채 200년도 안 되는 음식을 두고 전통음식이니 뭐니 하며 떠들어댑니다. 마치 단군 할아버지가 신단수 아래서 이 나라를 개국할 때 김치 항아리를 하나 옆에 끼고 있었던 것처럼 수다를 떠네요. 월드컵 때 우리나라가 예상 밖으로 잘 싸운 것을 두고 '이게 모두 김치에서 나온 힘'이라니, 응원의 엇박자가 상내국 신수들의 기력을 빼버려서 그렇다느니 하고 떠들 때는 참 둘러대기도 잘하는구나, 퍽 재미있다는 생각도 들었습니다.

그러나 대부분의 한국 사람들이 식탁에서 김치를 찾는 것은 사실입니다. 중·고등학교에 다닐 때 점심시간이 되면 겨울에는 난로가 한 개뿐인 교실에 도시락이 5개, 10개가 쌓일 때가 있습니다. 모두 도시락을 덥히려 하니까 5개, 10개가 쌓이는 것이지요. 시큼

한 김치 냄새가 온 교실을 메웁니다. 솔직히 나도 김치 맛은 좋지만 김치 덥히는 도시락 냄새는 아주 싫어합니다.

음식이 풍기는 냄새도 세월 따라 변하는가. 옛날에는 그 견디기 힘들던 김치 냄새도 요새는 많이 수그러들었습니다. 내가 대학원을 다닐 때는 외국 학생이나 교수들이 오는 파티에는 김치는 식탁 위에 오르기는커녕 손님들이 한번 보자고 해도 손사래를 치고 보여주질 않았습니다. 내깐에는 이들과 조화로운 삶은 내 생존 기술이라고 생각했습니다. 철저한 문화적 노예를 자처한 것이지요. 50, 60년이 지난 요즘 세사에는 옛날 김치에 씌웠던 나의 족쇄(足鎖)는 말끔히(?) 사라졌지요.

김치와 비슷한 대접을 받아왔던 생선회(膾)의 운명은 어찌 되었을까요? 내가 유학 시절만 해도 생선을 날로 회를 쳐서 먹는다는 말을 하면 백인 학생들은 사람 고기나 먹는 야만인이나 되는 것처럼 온 얼굴을 찡그렸습니다. 지금에서야 그 백인들도 식당 의자에 앉아서 천연스레 생선회를 먹고 있는 것을 보면 '저 녀석이 미쳤나?' 하는 생각, 아니면 '녀석의 사모님이 한국이나 일본 여자겠지' 하는 생각이 듭니다.

한국의 김치 얘기가 나왔으니 서양 음식으로 한국 음식 김치에 맞서는 치즈(Cheese)에 대한 이야기도 해야겠습니다. 치즈가 피우는 냄새는 꼭 발 고린내 같은 것이 참 냄새가 고약할 때가 많지요. 그런데도 사람들은 김치의 역한 냄새를 일컫지, 치즈의 고약한 냄새를 일컫지는 않습니다. 이것이 바로 문화의 횡포라는 겁니다.

문화의 횡포는 또 있습니다. 개고기를 먹는 것은 과연 우리의 전통음식이라고 할 수 있습니다. 개[狗]는 삼국시대 때 먹었다는 증거가 한둘이 아닙니다. 그런데도 서양문화의 선봉대들은 '한국을 가리키며 개를 먹는 야만족'이라고 손가락질했습니다. 이 손가락질에 놀란 우리 위정자들은 뭘 훔쳐 먹다가 들킨 아이들 표정이 되어 개고기는 일반 사람들 눈에 띄지 않는 뒷골목으로 밀어내버렸습니다. 인도 사람들이 서양 사람들을 보고 그들이 신성스럽게 보는 소고기를 먹지 말라고 하면 말이 되겠습니까?

우리나라에서는 이제 김치는 있는 사람이나 없는 사람이나 다 같이 먹어야 합니다. 제 아무리 양치를 한다, 향수를 뿌린다 해도 김치를 먹고 입에서 풍기는 냄새는 샤넬 #5로 세수를 한다고 없어지지 않을 것입니다. 고등학교 국어 시간에 누가 쓴 글인지는 기억나지 않으나 일본의 작가 개천용지개(芥川龍之介)가 한 말 "귀족이 젠 체 못하는 것은 그들도 측간에 오르기 때문이다."라는 구절을 인용한 것을 읽던 생각이 나네요. 한국 민족에게 이 묘한 냄새를 풍기는 김치는 실로 만인 평등을 성취하는 데 공헌하고 있다고 생각해 볼 수 있다고 생각합니다.

(2021. 6.)

윤여정의 비상(飛翔)

2021년 봄, 〈미나리〉라는 영화로 아카데미 여우 조연상을 받은 배우 윤여정이 뉴스 미디어를 휩쓸고 있습니다. 그야말로 하늘로 높이 치솟는 솔개 형상입니다. 1926년에 나운규가 일제하의 암울한 민고 현실을 고발한 영화 〈아리랑〉이 나오자 상영관이 모자라 가설극장을 설치해야 할 정도로 폭발적 인기를 받았다고 합니다. 그러다가 지난해에는 봉준호 감독의 〈기생충〉이 아카데미 작품상을 받더니 올해는 윤여정이 여우 조연상을 받았네요. 이 무슨 통쾌한 승전보입니까? 우리나라 초기에는 '팔뜩사진'이라고 낮춰 불렀던 영화가 100년이 채 못되어 이처럼 강력한 민족예술로 분장하고 나서다니 믿기질 않습니다.

예술의 다른 분야도 흐름이 변하기는 마찬가지겠지요. 1920년대의 문학은 1910년대의 이광수, 최남선 2인 문단 시대에 대한 비판으로 시작되었다 하지요. 문학에는 문학 자체의 목적이 있어야 할 것을 주장하는 문학 동인이 무대 위에 올라선 것입니다. 자연주의의 『창조』, 퇴폐의 『폐허』, 낭만주의의 『백조』 등 동인지들이 쏟아져 나왔지요. 그러나 이들의 전반적인 문학적 분위기는 3·1운동의 실패로 인한 현실 도피와 감상적 낭만적 성향을 너무 드러내고 말았습니다. 이 한계를 극복하기 위해 출현한 것이 카프(KAFT: 조선프롤레타리아 예술가동맹) 중심 문학인들이었습니다. 카프운동의 주요 멤버들은 박영희, 주요섭, 임화 등 현실을 외면한 문학인들입니다. 이들은 현실 재현과 대외투쟁을 강조하는 저항문학 예술을 역설했습니다. 도구로서의 예술관을 강조하며 투쟁적이고 조직적인 항일운동 차원으로 돌려놓은 것입니다. 그들의 지나친 투쟁적, 이념적인 문학론은 올바른 현실의 파악을 가로막고 독자들과 거리를 더 멀게 하였습니다. 카프가 문학의 딜레마에 빠져버린 것이지요.

결국 카프는 여름 무더운 날씨에 기승을 부리던 모기떼처럼 1935년에 해산되고, 문학은 이념에서 풀려났습니다. 뒤이어 박태원, 채민식, 유진오, 이무영, 김유정, 이상, 김영랑, 서정주, 박목월, 조지훈 등이 쏟아져 나와 조선 문학의 황금기를 이뤘습니다. 그러나 이런 풍성함이 일본 제국주의의 대결을 피하고 도리어 그들의 바둑이가 되어 현실 도피의 현상으로 흘러간 것이 아쉬움으로 남을 수밖에 없었습니다.

지금은 문학 전체가 포스트모더니즘(Postmodernism) 사조에 흔

들리고 있습니다. 포스트모더니즘 사조는 문학의 객관적인, 권위적인 근접을 배척합니다. 뭐가 문학이냐, 뭐가 시(詩)이고 소설이냐부터 작가 자신이 주관적으로 결정하며, 어떤 수필이나 시가 좋은 것도 독자의 주관적인 견해로 결정됩니다. 그러니 피천득이나 윤오영의 수필도 보기에 따라서는 그저 그렇고 그런 수필로 비춰질 수 있습니다.

앞으로는 피천득, 윤오영, 김태길을 모르는 수필가, 조지훈, 박목월을 모르는 시인이 나올지도 모르겠습니다. 이런 식으로 가다가는 수필문학도 시나 소설 같은 장르가 다른 문학과 마찬가지로 신조어(neologism)의 포로가 되어 독자와는 거리가 점점 멀어지고 결국에 가서는 독자를 잃고마는 문학이 될 것이 아닐까 걱정됩니다.

아무튼 윤여정은 이번에 그의 예명(藝名)을 사해에 떨쳤다고 봅니다. 이를 옆에서 지켜본 수많은 사람들이 부러움과 선망을 감추지 못하겠지요. 이 김에 예술의 다른 장르, 이를테면 소설이나 시(詩) 같은 문학 분야에도 노벨상을 받는 이가 하나 나온다면 얼마나 좋겠습니까. 스스로 자기가 노벨 문학상 후보자라고 큰소리치고 다니는 사람은 있었으나 아직 노벨 문학상을 받은 문인은 없습니다. 앞으로 세월이 흘러 한국작품이 다른 언어로 더 번역이 되어야겠지요.

(2021. 6.)

잘 가거라 신축년아

신축년 소의 해에서 임인년 호랑이해로 바뀝니다. 해가 바뀐다는 사실에 우리 선인 선비들은 무슨 생각을 가장 많이 했을까요? 그들은 해가 바뀐다고 그다지 기뻐하지는 않는 것 같습니다. 조선 517년 왕조를 통틀어 3대 천재로 꼽혔으나 출생이 서얼이라 벼슬길이 꽉 막혔던 북학파 선비 청장관(靑莊館) 이덕무는 "나이 얼마냐고 손님은 묻는데/ 입을 다문 채 말하고 싶지 않구나(客問年多少/掩口不欲話)"라고 대답했습니다. 옛 선비들은 자신의 나이보다도 부모님의 연세를 더 중하게 여긴 것. 해가 바뀔수록 늙어가는 부모님의 모습을 가슴 아프게 받아들였다는 말이지요.

세월이 여류하니 백발이 절로 난다
뽑고 또 뽑아 젊고자 하는 뜻은
북당이 친재하시니 그를 두려워함이라

위는 영조 때의 가객 김진태의 시조입니다. 북당(北堂)이 친재(親在)한다는 말은 어머니가 아직 살아계신다는 말. 자식된 몸으로서 어버이에게 늙게 보인다는 것은 어버이의 마음을 어둡게 한다는 것이니 일종의 불효가 아닐 수 없다는 말입니다. 옛사람들의 지극한 효성을 느껴 볼 수 있는 노래지요.

옛날 중국 백유의 고사가 생각납니다. 백유가 어렸을 때 하루는 잘못을 저질러 그의 어머니가 회초리를 들게 되었습니다. 어머니가 종아리를 때리자 백유가 울었다지요. 어머니가 괴이한 생각이 들어 물었답니다. "그전에는 맞아도 울지 않더니 오늘은 왜 우느냐?" 백유가 대답하기를 "옛날에는 매를 맞으면 아프더니 오늘은 아프지 않으니 어머님 근력이 점점 노쇠해진 것 같아서 웁니다." 옛날에는 아프더니 오늘은 아프지 않는 것은 노쇠현상 말고도 여러 가지로 설명될 수 있겠습니다. 그러나 생각이 어머님의 늙어감까지 걱정한 그 사려 깊고 절절한 효심이 우리의 가슴을 두드리지 않습니까.

조선시대 때 어마어마한 회초리를 들고 나라 안의 모든 벼슬아치들을 통솔하며 풍속을 바로 잡고 백성들의 억울한 일을 보면 잘못을 매질하던 기관은 사헌부였습니다. 사헌부 관리를 대관(臺官)이라 불렀지요. 사헌부의 수장은 대사헌으로 오늘날의 검찰총장과 비슷하다고 할 수 있습니다. 대관은 아침 조회 나갔다가도 다른 관리들이 모두 나간 뒤에야 나가는 처신으로 청탁을 물리쳤다 합니다. 이와 같은 절제와 추상같은 자세가 백성들로 하여금 사헌부를 존경하고 사랑하게 만들었다고 합니다.

세월이 흘러 오늘날의 대사헌, 즉 검찰총장은 쓸데없는 일로 온 나라를 시끄럽게 하고 검찰을 떠났습니다. 옛날 같은 준엄한 위계질서는 온데간데없고 그의 가족에 대한 낯 뜨거운 추문만 꼬리에 꼬리를 물고 일어나니 도대체 어떻게 된 것인지요.

쓸데없이 검찰총장 이야기로 지면을 낭비할 필요는 없다고 생각했습니다. 우리가 싫어한다고 새해가 오지 않을 것도 아니며 우리가 정이 들었다고 묵은해가 우리 곁을 몇 분이라도 오래 머무는 것은 아니지 않습니까? 그러니 해가 오고 가는 데는 신경 쓰지 말고, 달빛에 목선 가듯이 우리들의 소꿉놀이에만 신경 쓰면서 살아가는 수밖에 없는 것 같습니다.

신축 세모에

연보

- 1940년 10월 6일 경상북도 안동군 예안면 부포동 역동(易東) 외딴집에서 아버지 이원하(李源河)와 어머니 이한석(李漢錫)의 8남매 중 4번째 아들로 태어남.
- 역동(易東)이란 이름은 고려 말의 대학자 역동 우탁("춘산에 눈 녹인 바람 건듯 불고 간 데 없다…"로 시작되는 늙음을 탄식하는 탄로가의 작자) 선생의 별명으로 그를 기려 퇴계가 세운 역동서원 유허지에 내 생가가 들어섰기에 붙여진 동네 이름이자 동시에 집의 이름.

- 호(號)는 도천(陶泉: 안동 도산 사람이라는 뜻; 일중 김충현 선생이 지어줌) 혹은 청고개에 사는 사람이라는 뜻의 청현산방주인(靑峴山房主人).

- 태어날 때 사주(四柱)를 보니 천문성(天文星)을 끼고 태어났기 때문에 평생 책이나 보며 밥을 빌어먹을 팔자로 점괘가 남.
- 50리 떨어진 안동에 가서 안동사범병설중학을 졸업. 당시 천하 수재들이 모인다는 경대사대부고에 273명 중 끝에서 스물다섯 번째의 남부럽지 않은 성적으로 합격. '안동천재'라는 별명을 스스로 붙였으나 아무도 불러주지 않음.
- 고등학교 2학년 때 교내 영어웅변대회에 나가서 3등의 영광을 거머쥠.

이때 출전한 용사는 모두 3명.

- 특활시간에 서예부에 들어 석대(石帶) 송석희 선생께 서예를 사사. 방인근의 ≪벌레 먹은 장미≫와 최인욱, 김래성을 시작으로 한국소설 탐독. 나중에 학교 공부는 아예 밀어두고 도서부원으로 들어가 이광수, 김동인을 비롯한 한국소설과 소련을 중심한 세계 문호들의 소설을 탐독.

- 서울대학교 사범대학 교육학과에 입학.
- 2학년 올라갈 때 과(科)가 세분되는 바람에 교육심리학과로 편입. 술이나 먹고 건들거리기나 하는 백수건달, 방랑객이 되어 주유천하. 학점은 바닥에서 김.
- 3학년 때 같은 과(科) 새내기들을 위한 세미나에서 아리따운 홍일점 미석(美石) 정옥자(鄭玉子)를 발견, 나의 Beatrice임을 즉시 선언하고 1,000번 찍기를 천지신명님께 맹세, 장기전을 준비하였으나 상대방의 허술한 방비로 인하여 뜻밖에 열 번도 안 찍어 성공. 후일 그녀와 조강지처의 인연을 맺음.
- 대학원을 다니면서 서울대학교 학생지도연구소 연구조교.

- 종로 파고다 공원 앞에 있던 관수동 동방연서회에서 일중(一中) 김충현, 여초(如初) 김응현 선생에게 서예를 사사. 국전 입상 2회. 그때 오늘날 한국 서예계의 중진 (초정 권창륜, 경후 김단희, 신계 김준섭, 백석 김진화, 현암 정상옥, 석창 홍숙호, 중관 황재국) 제씨들과 같은 서실에서 붓을 잡고 글씨를 쓰는 동학(同學)의 영광을 가짐. 그러나 재주에 있어서는 내가 이들과 비교해서 제일 못하다는 것을 뼈저리게 깨닫고 내심 서예를 포기.
- 1966년, 캐나다 Vancouver의 University of British Columbia에 전액 장학금을 받고 유학길에 오름. 여비는 한미재단(Asia- American Foundation)에서 장학금을 받음. 김포공항을 떠날 때 전 재산 미화

$60, $50은 부모님으로부터의 유산, $10은 정희경 선생이 주심.

- 1967년 3월 26일, 오늘의 본처 정옥자와 결혼. 주례는 전 서울경동교회 목사 이상철, 하객은 주례와 신랑, 신부를 포함하여 모두 30명. 축의금 총액은 $72, 첫날밤은 하루 호텔비 $100이 아까워서 Vancouver시 10가(街) 622번지 Alexanko 여사 댁 지하실에서 실례.
- 1967년 12월 1일, 맏아들 미채 태어남.
- 1970년 7월 20일 둘째 아들 미수 태어남.
- 1970년에 학위를 받고 Notre Dame대학에 조교수. 방년(芳年) 29세.

- 우편엽서에 나오는 그야말로 post-card scenery, 그림 같은 호수가 내려다뵈는 대학이었으나 두메산골에 있는 마포대학이라는 생각이 들어 불만, 1973년 끝내 스스로 사표를 던지고 미국 보스턴 근교 Amherst에 있는 매사추세츠 대학(University of Massachusetts)에 Post-doc을 마치고 아내가 박사과정을 밟고 있던 Alberta대학으로 돌아와서 (불행한) 연구원 생활.
- 1975년 Alberta School Hospital(현 Michener Center)에 심리학자로 취직. 1년 후 심리과 과장으로 승진(이것이 내 평생 학교 이외의 직장에서 일해 본 처음이자 마지막이었음). 이 심리과는 심리학을 전공한 석사급 23명에 비서 둘이 있는 거대한 기관. 과장 자리에 있는 이유로 직원들의 일시 외출 허용, 비품이 있는지 없는지의 여부 확인, 게으른 직원의 훈계 및 징계 등 실로 자질구레하고 사나이답지 못한 일을 해야 하는 행정에 대한 염증과 허무를 느껴 그 기관에서의 탈출을 시도.
- 좀처럼 뜻이 이루어지지 않고 있다가 1977년 Toronto에서 Detroit 가는 길, 자동차로 2시간 거리의 London에 있는 University of Western Ontario라는 학생 2만2천 명의 대학에 발령이 남. 1977년 조교수, 1981년 부교수, 1984년 정교수.

- 1983년 안식년으로 미국 뉴욕주 Albany에 있는 뉴욕주립대학교에 방문 교수.
- 평암(平岩) 이계학 교수의 주선으로 경기도 성남시 판교에 있는 한국정신문화연구원(현 한국학중앙연구소) 방문교수.
- 1984~1985년 매년 5, 6월에 대구대학교 특수교육과에 와서 심리 연구법 집중강의를 하고 돌아감. 뒤주에 쌀 떨어지고는 살아도 가슴에 정 떨어지고는 못사는 세상, 대구대학교 교수들과 깊은 정이 듦.
- 1999년 9월 하나님이 보우하사 이화여자대학교 심리학과 교수로 오게 됨. 23년간 재직하던 Western Ontario대학교에서 조기 은퇴, 이로써 33년의 구름 밖 떠돌이 생활을 청산, 1999년 8월 4일 '운명아 비켜라 내가 간다.' 토론토발 서울행 KAL072기에 오름. 2006년 2월 은퇴. 지금 이름 석 자 뒤에 붙일 것이라곤 Western Ontario대학교 명예교수(Professor Emeritus)라는 있으나 마나 한 수식어밖에 없음.

- 그밖에

a. 「이동렬 연구 논문 모음」(대구대학교 특수교육 연구소)
 「새내기 상담가를 위한 상담과 심리치료」(교육과학사)

b. 미국 상담심리학 학회지와 임상심리 학회지 등에 발표한 논문 50여 편이 있음.

c. 1997년 미국 심리학회(APA: American Psychological Association)에서 발간되는 상담심리학 학회지(*Journal of Counseling Psychology*)에 발표된 1978-1992년 13년 동안 세계에서 상담 과정(process of counseling)에 대해서 가장 연구를 많이 한 사람 20명 중이 불초소생의 이름이 오름. 에헴!

d. 전공 이외의 저서
 ≪남의 땅에서 키운 꿈≫, ≪설원에서 부르는 노래≫, ≪흐르는 세월을 붙들고≫, ≪청산아 왜 말이 없느냐≫, ≪향기가 들리는 마을≫(선집),

≪세월에 시정 싣고≫, ≪꽃 피고 세월가면≫, ≪바람 부는 들판에 서서≫, ≪산국화 그리움 되어≫(100인 선집), ≪주머니 속의 행복≫, ≪꽃 피면 달 생각하고≫, ≪꼭 읽어야 할 시조 이야기≫, ≪청천 하늘엔 잔별도 많고≫, ≪청고개를 넘으면≫, ≪꽃다발 한 아름을≫(세종 우수도서), ≪산다는 이유 하나로≫ ≪거꾸로 간 세월≫ ≪옥에 흙이 묻어≫ ≪감장새 작다하고 ≫

e. 1998년 한국현대수필문학상, 2011년 민초문학상, 2018년 김태길수필문학상을 수상.

f. 1985년 취미로 시작한 색소폰(saxophone)에 재미를 들여 아직까지도 레슨을 받고 있음. 〈이동렬 색소폰으로 듣는 한국 가곡의 밤〉 2회. 좋아하는 음악의 장르(genre)는 한국가곡과 봉짝 트로트. 그러나 2018년 현재 기운이 없어서 피식피식 바람 빠지는 소리가 자주 들림.

g. 젊은 시절 일중(一中) 김충현, 여초(如初) 김응현 선생께 서예를 배움. 대한민국 미술 전람회(국전)에 입상 2회. 동방 연서회 회원. 작품으로는 경북 안동군 이육사(李陸史) 문학 기념관에 시비(詩碑) 〈광야〉, 퇴계(退溪) 공원에 시비 〈수천(修泉)〉, 강원도 홍천군 물걸리 척야문화공원에 시비 〈나라사랑〉, 청강대학에 노래 〈우리의 소원은 통일〉 작사자인 안석영 노래비, 그리고 이화여자대학교 도서관에 〈계상수생(溪上水生)〉, 〈낙동강〉, 서울대학교 사범대학에 〈교사의 상〉 등이 있음.